汐見夏衛
在那開滿花的山丘，
我想見到妳。

那是個熱到人都快要融化的夏天。

在那個惡夢般的世界裡，我的初戀萌芽了。

我拚盡一切、全心全意地愛上了眼神堅定且溫柔的你，

已做好赴死準備的你。

目錄

在那開滿花的山丘，我想見到妳。

序章　立夏

序幕

我有生以來第一個愛上的人，是一名特攻隊隊員。

他心懷大愛、溫柔堅強、包容寬厚。是我珍而重之的人。

與我相遇時，他就已經做好了赴死的準備。

「為了守護我所愛的人，我非得出征不可。」

他以堅定的眼神，說出如此悲傷的話語。

「你別去。」

我哭著撲向他，他僅是一臉平靜地回抱住我……。

在那個夏天，他便往美到可怕的晴空另一端飛去，變成一顆小小的光點，消失無蹤。

吶，彰。

聽得見我的聲音嗎？

你現在，在哪裡呢？

那裡是個沒有痛苦、煎熬與悲傷的，安穩的地方嗎？

希望像被風吹落的花瓣般脆弱消逝的你，至少現在能在溫柔的夢境中，安詳沉眠——。

第一章　初夏

防空洞遺跡

「欽——因此，一九四五年後戰況逐漸惡化，日本明顯處於劣勢……全國各地因美軍空襲而被夷為平地，這個城鎮也在戰爭即將結束前，一度遭到大規模空襲……。」

教社會的山田老師一邊用他粗厚的聲音說話，一邊在黑板上嘰嘰嘎嘎地寫了些東西，我斜眼看了看，想的完全是別的事。

為什麼會這麼煩躁啊？

我拄在桌上撐著臉，一邊望向被窗框切成四邊形的藍天一邊想。

連自己都不知道原因為何，但總之每一天都煩得要命。囉哩囉嗦又老是碎念的我媽媽也好、像監獄一樣統一管理學生的學校也好、滿是暑氣悶熱不已的教室也好、從窗外傳進來的蟬鳴也好、講台上自以為是口沫橫飛的老師也好、咚咚敲在黑板上的粉筆聲也好、喀喀作響地把板書內容抄到筆記本上的同學也好，全都讓人火大。一切的一切都讓我十分煩悶。

蟬持續著沙啞的大合唱，像要用它們鳴叫的聲音塞滿整個世界似地，吵得要死。就已經夠熱，結果噪音讓體感溫度更高了。

我沒有掩飾自己的煩躁，緊皺著眉頭，撐著臉看向窗外。當然，課本和筆記本都沒翻開，連文具用品都沒放到桌子上。

我不喜歡讀書，而且最討厭的就是歷史課。去學幾十年、幾百年前的舊事，到底能幹嘛？

我不想升高中，也不在意考試成績，這種事無聊得要死，念書對我來說毫無必要。我超討厭學校。還有比這裡更讓人覺得窒息的場所嗎？其實我不想來這種地方，但蹺課就會被媽媽或老師囉嗦一堆很煩，所以不得不來，如此而已。

「——喂喂，加納！」

突然被大聲點到名，我皺著眉緩緩看向前方。和山田從講台上睥睨著我的憤怒眼神對上。

「妳有沒有在聽課!?」

「……算有吧。」

「算有是什麼？給我好好的仔細聽！喂，有抄筆記嗎？」

破口大罵般充滿壓迫的語氣。為什麼一堆老師都這麼自以為是？不過就是個能傲慢地訓小孩話的人而已。

「一個字都沒抄。」

說謊沒用，而且本來就沒什麼掩飾的必要，所以我老實回答。當下，山田的臉像煮熟的章魚一樣變紅。

「開什麼玩笑？把老師當白痴也要有個限度！」

「……。」

我心裡嘀咕著誰把你當白痴了？不過訂正也麻煩，因此只選擇默默地回望。山田像是想辦法把怒氣吞進肚子裡似的深呼吸一口氣後，放棄般的說：

「……哼，算了。妳從一二〇頁第四行開始唸吧。」

我嘆了口氣，從抽屜裡拿出課本，緩緩站了起來。同學們或用眼睛餘光，或小幅度地稍稍回頭，有一下沒一下的偷看我。山田餘怒未消，額頭浮出青筋。

我再度嘆氣，開始讀指定的內容。

「……這時候，日本為了扭轉戰爭頹勢，決定進行特攻作戰……。」

「太小聲了！」

遭山田的怒吼打斷後，煩躁值也隨之升至最高點。

「——我身體不舒服，去保健室。」

就這樣，我低著頭單方面告知老師，丟下課本之後迅速走人；無視山田滿臉憤怒的喊著「喂！」，從後門離開教室。

同學們啞口無言地望過來，然後隨即跟附近的人講起悄悄話。明明平常對我視而不見，當我是空氣，卻只有這種時候一臉興致勃勃，看上去開心得很。

嘖，真的有夠煩！

我沒去保健室，而是沿著校舍盡頭的樓梯往上走。我知道通往禁止進入的屋頂那扇門，門鎖已經壞了。

抓著滿是鐵鏽的把手，我推開已經褪色的老舊鐵門，熱浪沉沉地從門縫湧過來。一踏上屋頂因太陽直射而熱得發燙的水泥地，就響起讓人不舒服的沙沙聲。

沙沙、沙沙，我一邊聽著自己室內鞋發出的聲音，一邊往水塔的陰影處移動，然後整個人躺了下來。屋頂籠罩在強烈陽光下，就算有遮蔽也熱得讓人想吐。

在哪都一樣待得不開心。在家、在教室，就連在藍天下，滿心的煩悶都無法獲得平息。但在這裡不用擔心被別人看見，算是最好的。

放學鐘聲響起後，開始社團活動的學生陸續湧入操場。

我趁機離開屋頂，回到空無一人的教室裡拿書包，逃難似地離開學校。

走在兩側都是透天或公寓的小路上，與其說是回家，不如說只是靜靜的機械化移動雙腳。即便是黃昏時分，不過帶著盛夏氣息的豔陽卻依然熱辣，後背上汗涔涔的，有夠不舒服。這是我每天都會走的路，至今已經不知道走了多少次。之後還得在這條路上走多少遍呢？光想就覺得噁心，嘆出不知道是第幾次的氣。

每天每天，重複著同樣的事，毫無變化，穩定到無聊的生活。討厭，厭倦，好想早點擺脫這種生活。可要怎麼做才能擺脫呢？

我在一棟老公寓前停下。穿過鏽跡斑斑、盡是金屬味道的樓梯邊，站在一樓的最裡面，一個陰冷潮溼的玄關前。

這是我家。自我有記憶開始，就跟媽媽兩個人一直住在這裡。我沒見過爸爸，媽媽二十一歲時生下我，從那時起就一直是單親媽媽。

由於家裡是這種環境，因此總覺得周圍的人都帶著有色眼鏡看我。有同情我是「可憐孩子」的，有小心翼翼窺探我的，有在背後嚼舌根說「因為是單親家庭才養出彆扭小孩」的。

伸手在書包裡找鑰匙時，身後被一片宛如燎原大火似的蟬鳴聲包圍。公寓旁的大房子裡有廣闊的庭園，裡頭種植的樹上每年都棲息著大量的蟬。唉……真的吵死了，煩。

用好不容易找到的鑰匙打開玄關大門，走進一片寂靜的屋子裡。屋子裡滿是熱氣，幾乎讓人呼吸困難的溼熱。我打開客廳的窗，按下電風扇開關。

按開電源，電視開始播放午後新聞。我只是不喜歡一片沉默，不是想看電視，於是便躺在地上，任由電視播著我一點興趣都沒有的新聞節目。

『距今七十年前，特攻隊的戰鬥機上只帶著單程分量的燃油和炸彈，往南方飛去……。』

旁白聲音嚴肅。我瞥了一眼電視畫面。

是沒有聲音的黑白影像。海上浮著宛如要塞的巨大軍艦，小黑點一樣的飛機，從天空朝軍艦直線墜落般的飛去。

飛機在撞上甲板上的同時炸出了白光，無聲的爆發開來。不過軍艦只是晃了一下，沒有沉沒。

——特攻隊。這麼說來，今天歷史課上山田也講了這件事。

無聊。最近國外發生的自殺式恐怖攻擊在日本也蔚為話題，但照理說，日本人以前也做過類似的事啊。

算了，我在心裡自語，反正與我無關。幾十年前的陳年舊事，怎樣都無所謂。

戰爭節目會讓人心情不由得變差，所以我並不喜歡，便隨意轉轉台。

窗簾輕搖，我一邊感受吹拂過我後頸的清風，一邊背對著電視，開始打瞌睡。

「——喂，百合！起來！」

頭被咚地敲了下，我一下子醒了過來。

猛地睜開眼後，媽媽生氣的臉映入眼簾。

啊啊，真沒力，又要挨罵了吧……？吵死了，有夠麻煩。

我預想著接下來的發展，不耐煩地起身。看了看外面，天已經完全黑了。

「……真是的，妳這孩子……怎麼會這樣啊？」

媽媽一邊滿臉不悅的叨唸，一邊在化妝台前坐下，然後一如往常塗上鮮紅色的唇膏，化起濃豔的眼妝來。因為媽媽接下來要去上晚上的班。

媽媽中午在超市打工，晚上則在八大行業的店工作。中午打工下班回來後，補個妝就去附近鬧區的小酒吧上班。

「穿著制服睡到這個時間……作業好好寫完了嗎？」

我用「妳真是囉嗦死了」的惡劣回嗆代替了回答。

「我囉嗦？是讓我不得不囉嗦的妳不對吧！」

「等下會寫啦。沒什麼大不了吧？只是睡一會而已。」

就在我煩躁回話的時候，媽媽的手機鈴聲響起。確認螢幕上的來電者後，媽媽接起了電話。

「是，你好，我是加納。」

剛剛對著我不滿的聲音和表情不知道去了哪，媽媽用高亢的聲音，語調親切地接電話。瞬間變臉的態度讓我更加反感。

這種聲調是怎樣？和妖豔的濃妝一樣，用謊言粉飾的外表有夠噁心。我再次躺回地上，堵住耳朵，不想聽到媽媽高八度的說話聲，可聲音還是從指縫中鑽了進來。

媽媽用充滿歉意的委屈聲音反覆說著諸如「啊，是的」、「這樣啊」、「真的非常抱歉，一直給您添麻煩……」一類的話。八成是學校打來的吧？我猜。

稍微停頓了一下，媽媽掛上電話，立刻再次變臉。

「是妳的導師青木老師打來的電話！百合，給我起來！」

被破口大罵，我不得不慢慢爬起來。

「老師說妳又未經同意蹺課了？已經是第幾次了啊？」

「喔，第十次左右？」

我故作淡然地回答後，媽媽嘆了口氣，用雙手蓋住自己的臉。我仔細看媽媽低下的頭，髮根處的白髮顯而易見，不由得別開眼睛。

「……妳呀，妳真是的！媽媽為了妳努力工作的時候妳蹺課，回到家連作業也不寫就睡午覺，還真是過得開開心心呢！」

聽到這麼嫌棄的語氣，我的火氣一下子就上來了。

「怎樣？要我對妳感恩戴德是不是？有人求妳把我生出來嗎？」

我脫口說出這樣的話。儘管當下有糟糕、說過頭了的想法，但已覆水難收了。

「是妳擅自把我生下來的吧？既然要養，那不就該拚命工作賺錢嗎！」

媽媽的臉因憤怒而一下子漲紅。

「……妳這個不孝女！」

這台詞我已經聽到爛了。

「我不想講妳，但前天學校打電話來了！說妳上課態度差，作業也不交！妳為什麼要這個樣子？給我好好念書啊!?」

「這是我的自由。」

「我是為了妳好才講妳！現在不好好念書，將來辛苦的是妳自己喔!?妳絕對會後悔的！」

「為了我？是嗎？是為了妳自己的面子才對吧？」

「什……妳怎麼這樣跟媽媽說話！」

「夠了！囉嗦死了囉嗦死了！這是我的人生，不要管我！」

在我大喊的瞬間，臉頰上一陣衝擊與熱辣感。我被甩了一個耳光。

我摸著臉頰回瞪，媽媽已經是一臉氣瘋了的表情。

「像妳這種笨蛋，不是我的孩子!!」

媽媽尖聲大喊，隨手抓起手邊的東西就丟。媽媽個性有點歇斯底里，從小到大只要不順她意，就會挨抓或被丟東西。我早就習慣了，連忙躲開。

——『不是我的孩子』？

說得也是。意料之外懷了孕，因為我，害她的青春年華全都泡湯。

可是，我也不想被生下來啊。

總覺得腦袋裡頭有什麼東西繃一下斷掉的聲音。

「……這是我要說的話！我才不認妳這個媽！如妳所願，我走！」

我大喊，就這樣穿著制服，抓了書包，奪門而出。

「唔……今晚要睡哪啊？」

我的自言自語，被吸進詭異的紅色夜空裡。

漫步在被路燈照亮的街道上，從小公園一角轉彎，離開住宅區。

距離這裡大概走路十分鐘的地方，有座小小的後山。附近的居民雖然都叫它「山」，但說起來不過是「山丘」的高度。

總覺得去個沒人的地方比較好，我直直往後山方向走去。後山山腳像斷崖一樣，岩石裸露在外，在那個山崖上，有個空空的大洞。

「……ㄈㄤˊ ㄎㄨㄥ ㄉㄨㄥˋ。」

小時候曾聽媽媽說過。

『這叫防空洞，是戰爭的時候，為了躲炸彈挖掘的喔。裡面會跑出很多軍人的幽靈，絕對不能進去唷。』

當時年紀小，聽到有幽靈就會怕，應該是為了不讓我接近這裡才這麼說。現在想想，為了不讓小孩跑到防空洞裡面玩，住附近的大人或許都是那樣講的？

現在我已經是國中生了，當然知道沒什麼幽靈。防空洞的確令人毛骨悚然，不過也沒其他的選擇了。

我深呼吸一口氣，一步一步往防空洞走去。

夜間的住宅區既有路燈，也有住家裡的燈火，沒有那麼暗。可山崖大洞的另一頭再怎麼亮，也照不到大洞這裡，是真的全黑。我腦中浮現出真正的黑暗這個詞，不管怎麼仔細看，還是什麼都看不見。

我刻意忽視自己如擂鼓的心跳聲，站在防空洞前。是只要從入口踏進一步就會什麼東西都看不見、裡頭到底有多深都不知道的黑。

我唰地一下全身冒出雞皮疙瘩，但也只能咬咬牙邁步踏進防空洞。畢竟可以不被人看見又能窩上一晚的地方，只剩下這裡了。

踏入防空洞的瞬間，視野完全被黑暗奪去。雙腳僵硬，沒辦法再往前走。像是要揮去心中的恐懼一般，我粗魯地把書包往腳下一扔，坐在書包上。

一股冰冷的氣息從腳邊往上竄，冷到不像是夏天。現在還是初夏，的確有時晚上還可能有點涼意，可絕對不會冷到這個程度，多半是因為這裡白天也照不到太陽的緣故吧？

還是，真的有……不，應該不會，不可能。

我忽略因腦中念頭而發涼的背脊，從書包裡拿出運動服。這套運動服我從春天就一直放在學校，碰巧今天動了差不多該帶回家了的念頭，就放進書包裡。儘管從沒想過會有一天落入露宿野外的境地，但幸好有帶，這樣就不會凍死了。我穿上運動衣褲，躺在冰冷的泥土地上。

洞內一片漆黑，伸手不見五指，完全無法得知這裡有什麼，或存在著什麼。

我將臉轉向洞口，刻意不往裡面看，緩緩閉上眼睛。

「……嗯？」

直接接觸到地面的皮膚刺刺的，我倏地醒了過來。明明醒了，卻什麼都看不見。意識朦朧，坐起身後發現周圍仍舊一片黑暗。自己好像睡了很久，可現在還是晚上嗎？

我一邊這麼想著，一邊感受撐在地上的手心觸感。感覺非常粗糙，為了確定到底是什麼再摸了摸，觸感像鋪了碎石。昨天我應該是睡在潮溼的泥土地上才對，難不成是記錯了嗎……？

我在一片黑暗中隨意地左看右看，忽然注意到某件事。在完全的黑暗當中，有一道細細的光照了進來。

這太不可思議了，我想，便朝那個方向走去。走近一看，發現好像是從類似木板門的東西縫隙間照進來的陽光。

昨天的入口應該沒有門，是什麼時候、是誰裝的呢？難道我……被關起來了？

這念頭讓我心臟狂跳，一下子覺得好可怕，慌忙試著推門。

「什麼啊……門開著嘛。嚇死我了……。」

能輕鬆開門讓我鬆了口氣，我把木板門全部打開。

開門的瞬間，外面的熱浪沉沉地流洩進來。

「好熱……。」

我脫下身上的運動服，塞進書包裡。

那麼，該怎麼做呢。不想回家，總之直接去學校吧……不過在那之前想先洗澡。是說，現在幾點了啊？如果是媽媽早上出門打工的時間的話，就悄悄回公寓沖個澡再說。

我這麼打算，為了確認時間拿出手機。

「……欸？沒訊號？」

我嚇了一跳，走到別的地方，但離開防空洞後仍然一格訊號都沒有。保險起見我試著重開機，但還是不行。

不知道原因，不知該怎麼解決，我闔上手機抬起頭。就在這個時候。

「……咦？」

眼前的景色，讓我吃驚不已。

「……為什麼，什麼都沒有？」

我一邊懷疑自己的眼睛，一邊在附近走來走去。

——該有的東西，一個都沒有。

房子、公寓、大樓、電線桿、電線、道路、紅綠燈、天橋、公園、學校、警察局，一切的一切都不見了，取而代之的是一整片空曠的田野。

「……為什麼？這怎麼回事？」

我茫然地站在田野中央。

城鎮一個晚上就消失？不可能啊……？

我無意識地緩緩邁開腳步。總之先找點能搞清楚現在是什麼情況的線索吧，目前腦子裡只有這一個念頭。

稍微走了一段路後，眼前的景色逐漸有人生活的感覺。即便如此，還是覺得哪裡不對勁。我滿腹疑問的想過一輪，最後得出答案。建成一排的房屋、電線桿、招牌、柵欄，全都是少見的木頭材質，所以整個城鎮充斥著髒髒的茶色，看起來相當沉重。

不管怎麼想，這裡都不是我住的城鎮。我就在什麼都搞不清楚的狀況下，繼續步履蹣跚地往前走。

不管是什麼、什麼都可以，我想找到自己認得的東西。我一邊滿腦子都是這個念頭一邊往前走，往前走，往前走，就在這個時候，覺得喉嚨一陣乾渴。

說起來，我昨天傍晚從學校出來之後就滴水未進，而且現在天這麼熱。毫不留情照射下來的豔陽晒得皮膚都痛，稍微走一下就滿身大汗。

頭好昏。總之得先喝點什麼……我緊張起來。幸好錢包有好好帶著，可以買東西；就在我這麼想時，環顧四周，卻沒發現任何自動販賣機或便利商店。

——糟了，好熱。頭漸漸痛了起來，覺得胸口不舒服，好想吐。我摀著嘴，軟綿綿地在路邊坐了下來。

好熱好熱，熱到快不能呼吸，這樣下去會死掉的……。我朦朦朧朧的腦中一隅，閃過將死的念頭。

想想，我的人生無聊得很，總覺得沒什麼開心的事，對未來也不抱什麼希望。啊啊，這麼想的話，我這種人死了也無所謂……。至於我媽，若我這個沒用又老是反抗她的女兒不在了，她應該就能為了自己而活吧？

就在我一邊想著這些事，一邊把臉埋入雙膝間的時候。

一個和我現在的心情完全相反的、令人聽了開朗舒服的聲音突然從上方傳過來。

「——喂，妳沒事吧？」

「……？」

我緩緩抬起頭。

映入我眼簾的，是個背著夏日陽光而立，望向我的人影。

儘管因逆光看不清楚他的臉，但從聲音和體格來看，是個年輕男子。不過應該比我大好幾歲，是大學生吧？

在我渴得不行、身體又非常不舒服，什麼都回答不出來時，這個人在我前面蹲了下來。

少了遮蔽，可以清楚看見陽光下男人的模樣。

——欸，這人怎麼回事？

我睜大眼睛。這人的穿著超級奇怪。

這應該是，軍服，嗎？像是印在歷史課本上的衣服。

在我搞不清楚狀況、呆呆看著他的臉時，他忽然朝我伸出手。

他細長的手指，大大的手，輕觸我的額頭。

「……好燙啊。」

帶著點擔心的聲音響起，他從自己腰部位置拿出某個東西。

「喝吧，是水。」

他遞到我眼前的，是個附有金屬蓋子的卡其色布袋，很奇怪的東西，看都沒看過。

可一聽見水這個字眼，我腦中瞬間空白。

我搶劫一樣從他手中奪過布袋，打開蓋子，裡面有咕咚水聲。雖然這形狀沒見過，不過看來真的是水壺。

我把壺口對上嘴，一口氣讓裡頭的水灌進喉頭。

「……嗚，咳、咳！」

喝得太急，我不小心嗆到。

「不用這麼急。」

他覺得有趣的笑著，溫柔的摸摸我的背。

「水全都給妳喝。」

我幾乎喝乾了水，看著那個人。

「……謝謝。真的……幫了大忙。」

他溫柔收窄的眼睛，直直地回望著我。

「身體已經沒事了？」

「啊，是的……。」

「這裡太晒了，我們去那邊樹蔭下坐。」

他所指的方向，有著枝繁葉茂的樹木，樹下落著濃重的影子，看起來十分涼爽。我搖搖晃晃的起身，就在這個時候。

「……啊！」

腳完全使不上力，身體一下子大幅搖晃起來。他喊了聲「危險」，接著敏捷地抱住了我。

「抱、抱歉……。」

「不，是我不對，我考慮不周。也是，妳剛剛還倒在地上，沒辦法立刻站起來。」

就在我聽完話的瞬間，他輕輕地把我抱了起來，我連自己身體不舒服都忘了，感覺到自己因緊張和害羞而臉紅。

但他像是沒注意到我的動搖不安，三步併作兩步的走。被他抱住的我隨之上下大幅搖晃。

「抓緊。」

他小聲地說。我什麼也沒想，就照他所說，雙手摟住眼前的脖子。

在樹根的陰影處被輕輕放下，我輕輕點頭說「謝謝」。這個動作讓我再度腦子發昏，和貧血發作時一樣，眼冒金星。

「稍微緩一下，我再帶妳去其他涼爽的地方。妳是哪間學校的？」

這麼問的他，像是在確認我的服裝似地眼神逡巡，一看到我的衣著就驚訝得睜大眼睛。他看的似乎是我的裙子，正確地說，是從裙襬下延伸出去的雙腿。

「……妳，為什麼是這副打扮？這是打底衣嗎？整雙腳全都看得見啊。」

全看得見？我的裙長大概在膝上，應該沒有短到讓人驚訝的程度才對。

「勞動服呢？被偷了嗎？」

——ㄌㄠˊ ㄉㄨㄥˋ ㄈㄨˊ？什麼意思？總覺得好像聽過、又好像沒聽過……。

就在我不知該如何回答，呆呆地回望對方時，他好像誤會了什麼，難為情的垂下眼。

「……不，妳不想說就算了，那個，對了，我還沒告訴妳我的名字。我叫佐久間彰。」

我重複自己聽到的名字「ㄗㄨㄛˇ ㄐㄧㄡˇ ㄐㄧㄢ ㄓㄤ」，他點點頭。

「可以的話，能告訴我妳的名字嗎？」

「啊……我是加納百合。」

「百合？好美的名字。」

佐久間先生莞爾一笑。那笑容看來輕鬆自在，連不太會笑的我，都隨之露出微笑。

「舒服多了吧？」

「嗯，我沒事了。」

怎麼了呀，我明明是個彆扭鬼，但跟他卻能坦率地往來對話，像換了一個人似的。

「這樣啊，太好了。那我們稍微移動一下吧。」

佐久間先生鬆了口氣，迅速地朝坐在地上的我伸出手。動作自然無比，所以我也很自然的搭上他的手。

「我會慢慢走，妳就慢慢跟著。」

「好的。」

水手服的裙子被風吹得翻飛，我追著陽光之下，救命恩人壯碩的背影前行。

「鶴阿姨，午安。」

佐久間先生帶我走進一個掛出『鶴屋食堂』小招牌、看起來像傳統老屋的房子。

穿過入口門簾的佐久間先生朝屋裡喊，而後一位年約五十的中年太太從裡頭出來。

嗚哇，這人也穿得好奇怪，我睜大眼睛。和服外頭穿著白色的舊式長圍裙，模樣簡直像懷舊連續劇裡出現的媽媽一樣。

我環顧四周，店裡也不知道算是樸實呢，還是古老……。

就在我呆呆地觀察狀況時，佐久間先生在我身後推了我一下。

「這女孩叫做百合，因為天氣太熱在那邊路上倒下，可不可以讓她稍微在這休息一下？」

「哎呀，沒事吧？」

被稱作鶴阿姨、穿著舊式長圍裙的中年太太，慌張地跑了過來。

「這麼熱的天，可真讓人受不了。」

她一邊說一邊讓我坐在榻榻米座位上，在茶碗裡倒上水遞給我；我急忙點頭道謝，接過茶碗，滿心感激地喝了口，動作卻因意料之外的微溫而瞬間頓了一下。

和室溫幾乎一樣的，微溫的水。我不由得冒出為什麼不加點冰塊給我呢的念頭。不過我是被幫助的人，不能抱怨，便默默喝光了水。

說起來，剛剛身體太不舒服所以沒有注意到，可現在想想，佐久間先生水壺裡的水也是溫的。

而且，這裡明明說是餐廳，卻熱得要命。沒被太陽直射的地方當然比外面舒服，但還是滿屋子蒸騰的熱氣。

腦中浮現為什麼不開冷氣啊的念頭，我左看右看，發現天花板也好、牆壁上也好，都沒有裝冷氣。騙人的吧？我驚訝到說不出話。這年頭竟然還有不裝冷氣的店，不可置信。

至少有電風扇才對？我視線逡巡。在我坐的位置一角發現了一台電風扇。看起來已經用了很久，外型十分古老，不知道為何風扇是金屬材質的，而且上面滿是灰塵。

「啊啊，電風扇？」

鶴阿姨可能是注意到我的目光，抬眉出聲。

「不好意思，是不是很熱？不過那台電風扇壞了很久，現在已經不能用了，抱歉。」

「啊，不，不是。」

「用這個稍微忍耐一下吧。」

在我手放在面前揮表示不是這個意思的時候，鶴阿姨遞給我一把圖案非常復古的團扇。

「我來搧。」

佐久間先生從鶴阿姨手裡接過團扇，啪搭啪搭的幫我搧風。

「呃，謝謝……。」

輕柔的風息，讓我紅紅的臉頰和脖子降溫下來。

「真是，已經多少年沒做家用電風扇了呀。」

鶴阿姨像隨口聊天一樣如是說。我一邊用鶴阿姨給我的手巾擦臉，一邊覺得奇怪。

沒做家用電風扇？什麼時候的事？說起來，我家現在用的電風扇是十幾年前生產的……莫非是最近家家戶戶都裝冷氣機，電風扇賣不出去，就停產了？

佐久間先生無視覺得這件事很詭異的我，大大點頭贊同鶴阿姨的話。

「應該有三、四年了。」

「這麼久了呀。我們家的電風扇前年壞掉，要買新的就買不到了。實在不忍心讓客人這麼熱。」

「因為現在凡事都以製造軍品為優先啊，這也是沒辦法的事。」

……ㄓˋ ㄗㄠˋ ㄐㄩㄣ ㄆㄧㄣˇ？我瞟了瞟說出我沒聽過的話的佐久間先生。佐久間先生露出笑容，看看我又看看鶴阿姨。

「不過，不用擔心，再過一陣子，戰爭也會結束了。」

讓人放心的語氣。但他說的內容卻沒能確實地傳進我腦袋裡。

……ㄓㄢˋ ㄓㄥ？他說的是戰爭嗎？現在。我沒聽錯吧？

我腦中一片混亂地想，日本現在正在打仗嗎？

不，應該沒有。我沒聽過這事，不可能。

不過，說來我不看報紙，幾乎不看電視新聞，最近沒跟媽媽說話，在學校也沒有可以閒聊的朋友，所以，若是戰爭開打，搞不好我也沒機會知道。

就在我一邊想這些，一邊呆呆地聽他們說話的時候。

「我們一定會重創敵國、終結戰爭給大家看。我若是出擊，絕對會朝敵軍核心衝鋒。我就是為此加入特攻隊的。」

敵軍……衝鋒……特攻隊？

怎麼了，一直說些不現實的話。好像課本中的世界。

明顯不知所措的我，把目光從帶著滿臉決心說話的佐久間先生那邊，轉到鶴阿姨身上。

「若是佐久間先生的話，一定能成功的。」

鶴阿姨微笑點頭。

「這是當然。為了天皇陛下、為了大日本帝國、為了國民，我絕對會擊沉敵艦讓大家瞧瞧；為此，我訓練時比任何人都勇往直前，磨練自己的操縱技術。雖然還是新兵，但操作技術方面，我有自信不輸給上等兵。」

佐久間先生用堅定的語氣，一言一語都明確地緩緩說道。

……什麼？他剛剛說了什麼？

特攻。昨天的課堂上，還有電視新聞裡面講過的，只帶了炸彈跟單程分量的燃油，在『絕對不會回來』的大前提下出擊。也就是，自爆，絕對會死的攻擊方法。如此理所當然地講這些話，我不懂是什麼意思。

是說，這裡，是哪裡？這裡到底怎麼回事？這裡不像是我認識的地方。

就在這時候，我不經意地看見放在桌上的報紙。滿紙不常見的生難漢字，非常不可思議的版面。

我想也不想地伸出手，確認上面的日期。

『昭和二十年六月十日』

……欸？這怎麼回事？『昭和二十年』是……應該是，一九四五年？

昭和二十年，一九四五年。這個數字，但凡是日本人大概都跟它有牽連。——終戰之年。日本投降，昭和天皇宣告戰敗，透過收音機播放，結束讓國民長期痛苦戰爭的那一年。

是這麼回事。

欸……？等一下，我還是搞不清楚。現在，這裡，是一九四五年嗎？這是怎麼回事？

腦中一大堆問號飛來飛去，就像在一片混亂中反覆自問自答似的。

莫非我現在身處過去的世界？在我生活時代的七十年前？好比科幻電影裡面常演的，回到過去？

騙人的吧……無法相信。這種事是有可能的嗎？

儘管陷入恐慌，我仍然試著整理情況。正常來說，回到過去是虛構的、奇幻世界的故事，現實中不可能存在。

不過從這個角度想的話，今天早上醒來至今覺得奇怪的部分，全部都說得通了。整排都是老式木造平房的住家、木造的電線桿、佐久間先生與鶴阿姨身上不可思議的服裝、不冰的水、沒有冷氣的房子。

雖然無法置信……但大概，是這麼回事。

我回到七十年前的日本了。

搞懂這一切的瞬間，眼前倏地一片黑。

「……喂，妳！」

「妳沒事吧!?」

儘管感覺到佐久間先生因擔心而觸碰我肩膀的大手，還有鶴阿姨看著我的神情，我還是昏了過去。

「唉呀，妳醒啦？」

額頭上有個冰冰涼涼的東西。刺激讓我一下睜開眼，沒多久就看到了鶴阿姨柔和的微笑。

「啊，妳看看，再這樣突然亂動的話……。」

意識到自己昏倒了，我猛然起身。

鶴阿姨讓我再躺回去，用浸了冷水的布擦我的臉。

「這是剛從井裡打上來的水，應該涼涼的很舒服吧？」

「啊，不好意思，讓您特意……。」

道謝的同時，還是覺得奇怪。居然有水井。這裡果然是以前的日本。我再度愕然失色，閉上眼睛。

「吶，妳是叫百合對不對？」

「是的……。」

「百合，妳家在哪裡啊？沒在這附近看過妳呀。」

這是當然。我的家不會在這裡，我沒有可以回去的地方。意識到這一點後，眼眶又不由得一熱。

「哎呀哎呀，怎麼了妳？難道是……妳的家，已經沒有了？」

鶴阿姨緩緩的輕撫我的背脊。那份溫柔，讓我不禁潸然淚下。

「這樣啊……一定是因為前幾天隔壁城鎮的空襲吧。好可憐……。」

鶴阿姨嘆了口氣。

「我也是喔，那時候，家人都不在了……。算了，就算只有這家店都是幫了大忙，即便只剩這個，也留給了我活下去的價值，是不幸中的大幸。」

——空襲？真的有，這種事呀。然後鶴阿姨，因空襲而失去了家人。

我為什麼會來到這個世界呢？

好討厭，我想回去，想回去，我想回家……。

「……抱歉，打擾您了。謝謝您。」

我朝鶴阿姨點頭行禮，沒聽對方說什麼，就這樣跑出鶴屋食堂。

我回想著來時的道路，設法走回防空洞。

我一口氣打開木板門跑進去，但什麼都沒有發生，我沒辦法回到原本的世界。

「討厭……我想回去，我想回去，我要回去！」

我一邊大哭，一邊在狹窄的防空洞裡爬來爬去、敲牆壁、踢地面，尋找是不是哪裡有別的出口。但是——

「……為什麼？」

毫無變化。我癱坐在碎石上。

——對了。我來這裡的時候，是睡著醒過來後身處在這個世界的。這樣的話，一樣在防空洞裡睡一覺，起來的時候應該會回到現代。

我一邊哭一邊躺在地上。

討厭、討厭、討厭。不要待在這種地方的念頭，支配了我的心。

雖然混亂至極時沒有睡意，可在我抽噎大哭時，或許是累了，不知不覺間就睡著了。

但是，即便再醒過來，我還是在一九四五年的日本。

我再度大哭起來，哭著哭著，又一次睡過去。然後，再醒來時，果然還是在原地。

「……喉嚨，好渴。肚子好餓……。」

我搖搖晃晃站起來，走到外面。完全不知道現在是幾點、經過了幾天。

「……已經，沒辦法回去了吧……。」

微弱的低語，像是被晴朗過頭的藍天吸進去似的消失無蹤。眼淚已經哭乾，眼中一絲水氣都沒有。

忽然想起，我的書包還放在鶴阿姨那裡。總之得先去拿，如此想的我，便踩著搖搖晃晃的腳步，朝鶴屋食堂走去。

「啊呀，百合!!」

我一穿過門簾，鶴阿姨就慌忙跑了過來。

「妳跑去哪裡了，我擔心死了！」

「欸……擔心？」

擔心是個陌生人的我？我沒辦法真心相信，盯著鶴阿姨的臉看。

但鶴阿姨並不介意這樣的我，一邊說「來，進來進來」，一邊把我往店裡帶。

「哎呀，怎麼髒成這樣……妳到底睡在哪裡呀？總之先清理清理。」

鶴阿姨把我帶到後院，院子正中央擺著一個大盆，她在那個盆裡裝滿水，說「來，用水洗洗」。

「欸……在、在這？用冷水？」

「哎呀，妳們家不這樣嗎？沒關係的，現在是夏天嘛。」

「可是，這裡，是庭院……。」

「啊啊，是擔心被人看見嗎？有圍牆不用擔心唷。」

鶴阿姨不在意的說，然後「好啦，把髒衣服脫下來」的催著。

「不……不行不行，抱歉我沒辦法！像這樣，在外面脫光！」

我拚命搖頭，鶴阿姨楞了一下。

「啊呀，百合，妳沒在庭院裡沖過澡嗎？」

「沒、沒有，沒有！」

「哎呀呀，是好人家的孩子哪。這樣的話，來這邊吧。」

鶴阿姨接著把我帶到一個像廚房的地方。

泥土地房間一隅有個大大的、土塊一樣的東西——大概是叫『灶』的東西，表面有兩個挖空的洞，正好放入鍋和釜。下方的灶口只有幾根細細的柴薪，靜靜地插在裡頭。

「這裡不會被別人看見，也可以安心用水喔。」

「沒、沒有浴室嗎……？」

「啊呀，這附近的人都是去公共澡堂喔，家用浴室太奢侈了。不過，最近的公共澡堂，因為買不到當燃料的木炭跟柴薪，常常沒法營業，所以四、五天才能泡一次熱水澡。」

……騙人，真的假的？我傻眼。

光是想到沒辦法每天洗澡就覺得毛骨悚然，而且還是在這麼熱的時期。明明僅是兩天左右不洗澡，汗臭味就會很明顯的。

就在我震驚不已的時候，鶴阿姨快手快腳地動作。她把一個比剛剛放在庭院裡的盆子尺寸稍小的盆放在泥地房間裡，幫我用杓子舀水裝進去。

「我去幫妳拿替換的衣服。」

說完便離開了廚房。

總之，至少先把汗水擦洗一下，我脫下滿是灰塵泥沙的水手服，膽顫心驚地裸身，把手巾放到盆中水裡浸濕，用力扭乾後擦擦身體。

「嗚嗚，好冷……。」

就算是夏天，洗冷水澡還是冷。不過這也沒辦法，光是有個冷水能洗洗就已經很幸福了。

就在我把頭髮浸進冰涼的水裡清洗的時候，鶴阿姨從房門口探了個頭說「替換的衣服，我放在這裡」。

被人看見一絲不掛的樣子，我因害羞而嚇了一跳，全身僵硬。鶴阿姨見狀，噗哧一聲笑了出來。

「呵呵，都是女生，有什麼好害羞的。」

「不是，因為……。」

「話雖如此，百合妳也太瘦了。」

鶴阿姨一下子靠過來，握住我光裸的上臂。

「妳看，比我的手腕還要細。如果是家裡有浴室的家庭，應該不會沒有食物可吃吧？得多吃點有營養的東西，好好長肉啊。就算奢侈即敵人（註），但把身體搞壞了可就什麼都沒了。洗好澡就到店裡來，我做點飯菜給妳吃。」

我完全沒有插嘴的機會，鶴阿姨一口氣說完，就啪躂啪躂地走出去了。

我擦完全身，換上鶴阿姨為我準備的衣服。攤開仔細疊好的衣服一看，不由得小聲地說「哇，勞動服」。比我們學校的全套運動服土幾百倍。

而且，上半身是和服，我不知道該怎麼穿。無可奈何之下，只好先隨便穿穿，往店裡走去。

（註）二戰時期日本國民精神總動員標語。要人民不可奢侈浪費，忍耐物資匱乏的生活。

「唉呀，百合！領子穿反了！」

「啊，果然……。」

鶴阿姨一臉詫異地看著不知道怎麼穿和服的我。

「是說，妳之前是穿水手服吧，這時候還做那種打扮，真讓我嚇了一跳。現在不管哪裡的女校都已經不穿水手服、改穿勞動服了呀。」

「沒啦，哈哈哈……。」

我露出平常不會有的、打哈哈的笑容。

「好啦，來吃飯吧。」

鶴阿姨放上餐桌的，是熱騰騰的味噌湯、大量的醃蘿蔔乾、燉地瓜、醬煮小魚，還有奇怪的、帶點茶色的飯。

雖然有各種讓人在意的點，可已經好幾天沒吃飯的我，在見到眼前飯菜的瞬間，肚子依舊誠實地發出聲音。

「不、不好意思……。」

我自知臉已經紅透的同時小小聲地道歉，但鶴阿姨回以開朗的笑聲。

「好啦好啦，快趁熱吃吧。儘管沒什麼特別的，不過口味上我是相當有自信的喔。總而言之，畢竟這裡是餐廳嘛。」

「……我開動了。」

這大概是我有生以來第一次這麼認真、懷著純粹的感謝心情說出這句話。

一開始先喝味噌湯。雖然口味淡了點，但明顯帶著蔬菜的味道，是非常溫暖人心的口味。

「好好吃……。」

醬煮小魚也好燉地瓜也好，都帶著淡淡的甜辣味道，漸漸的感動入心。

在我盯著這碗沒見過的顏色的飯時，鶴阿姨說。

「這是麥飯，妳沒吃過嗎？」

「啊，對，沒吃過……。」

「啊呀，真的是千金小姐呢。白米很貴，沒辦法買很多，所以會跟麥子、小米混在一起煮。」

麥飯吃起來跟平時吃慣的白米飯有不一樣的感覺，有嚼勁，非常好吃。大概是為了讓人吃飽而放了一整盤的醃蘿蔔乾，也是質樸的最佳調味料。

「我吃飽了。」

放齊筷子，我向鶴阿姨低頭道謝，鶴阿姨笑著說「不客氣」。鶴阿姨的笑容，讓人莫名安心。

「是說，百合。」

「是。」

「如果妳沒有可以去的地方，要不要在這裡工作呢？」

「……欸？」

我呆呆地看著鶴阿姨。

「這家店附近有陸軍的機場。現在是重要的作戰基地，所以有很多軍人被分發到這裡來。他們休假就會來吃飯，弄得我常常忙不過來。所以如果百合能來幫忙的話，我會很開心的。啊，當然有包住宿喔。」

就算是我，也能感受得到鶴阿姨的用心。她覺得我無家可歸，想讓我住在這裡，但覺得這種說法會讓我有所顧慮，所以刻意說是「幫忙」。

我有種心頭漸暖的感覺。緊抓著褪色、磨破的勞動服膝蓋處，朝鶴阿姨行禮。

「……請多多指教。」

「這樣呀，太好了，真是幫了我大忙。」

是多麼溫柔的人呀，就這樣收留了來路不明、也不知道能不能派上用場的我。如果沒有這個人，我一定會迷失在這個未知世界的街頭，短短幾天就死了吧。

想到這裡，我突然想起了最初救了我的男人——佐久間先生。他是我的救命恩人。應該還有機會見面才對？若能再遇到他，得好好地向他道謝才行。

開滿百合花的山丘

住進鶴阿姨的店、開始工作，已經過了幾天。

剛到這個時代時的混亂感一點一點穩定，開始冷靜下來後，我也有了去觀察周圍狀況的心情。

就我所見，平常這家店的客人，幾乎都是在離此不遠的大公司分店或鐵工廠工作的人，利用午休時間來這裡用餐。

附近的住戶鮮少上門，似乎是沒有額外的外食預算，也沒有多餘的心思。所以，來店裡的人都是相對富裕、有固定收入的人。

總之這個時代很難弄到白米，因此這家店雖說是餐廳，基本上還是不會提供白飯，取而代之的，是以烏龍麵、煮地瓜、沾鹽馬鈴薯、玉米、用大豆粉做的類麵包這些為主食。

當然，小菜也很寒酸。水煮蘿蔔、瘦巴巴的炸白身魚、水煮青菜，添加了被稱為『醬油替代品』的謎之調味料的食品（太可怕了所以我沒問原料是什麼），還有醃漬物，大概就這些。也有用蘿蔔葉和地瓜藤增量，加一點米煮成的雜炊粥。

就是粗茶淡飯的感覺，只吃這些東西當然不會有力氣。

啊啊，好想吃又香又甜的白米飯，想吃肉，想吃雞蛋，想吃冰淇淋……即便滿腦子想著這些，但我還是為了不讓收留我的鶴阿姨討厭，每天努力拚命工作。

一大早起床，就去城鎮裡共用的井提水，雙手提著裝滿了水、重重的水桶回來。之後去冰店買冰塊，擺進店裡放魚的『冰箱』內。說是冰箱，不過就是類似冷藏箱的東西，用冰塊代替保冰劑放進木製的箱子裡，保存易損的食物。

現代的冰箱是真的很方便，我想。還有吸塵器、洗衣機。在這個世界裡，說到打掃用的是掃把、畚箕和抹布，洗衣服用水盆和洗衣板。做點家事就是大工程，會消耗體力也是沒辦法的事。

幫鶴阿姨做完家事後，就到店裡幫忙。說是幫忙，就只有幫客人點餐，然後把鶴阿姨做的餐點送到座位上，所以稱不上辛苦。只是為了在這個陌生的世界裡盡量不給人添麻煩，全神貫注地奔來走去，到了打烊時分身體就相當疲憊了。

話雖如此，不過我是被人照顧的一方，沒有理由打混偷懶。因此即使鶴阿姨說「可以休息囉」我也沒聽，打烊後還是會幫忙做家事什麼的，過著每天雙腳累到僵硬，晚上直接睡死的生活。

「來，百合，這個拜託妳。」

「啊，好的。」

在我累到放空看向窗外時，聽到後面有人叫我，我慌忙回到廚房。剛好就在送醃蘿蔔乾的時候，入口的門簾輕輕地動了動。

「歡迎光……啊。」

「午安。咦，是妳？」

跟著幾個年輕男人一起進來的，是一開始救了我的佐久間先生。

「那個……好久不見。之前真的很感謝你。」

我就這樣拿著盆鞠躬道謝，佐久間先生的大手輕輕地放在我頭上。

「人沒事就好。妳現在在店裡幫忙嗎？」

「是，因為住在這裡。」

「這樣呀，真是太好了。之前我有事回了基地一趟，後來聽到妳突然不見的消息，實在是非常擔心。」

聽他這麼說，我想起那天發生的事。發現似乎是回到過去了的那瞬間，我昏了過去，醒過來時佐久間先生已經不在，我向鶴阿姨道謝之後，為了想回到原本的時代而往防空洞跑去。

「那時候，我是回去拿這個的。」

佐久間先生如是說，從軍服口袋裡拿出某樣東西。

「手伸出來。」

我順手把盆放下，如佐久間先生所說往前伸出雙手後，一個小小的東西咕咚一下被放到了我的手上。仔細一看，是個跟橡皮擦差不多大，包在白紙裡面、四角形的東西。

「是軍糧精。」

佐久間先生露出笑容。

「欸？ㄐㄩㄣ ㄌㄧㄤˊ ㄐㄧㄥ？」

「啊啊，對喔，妳不懂軍隊用語……就是牛奶糖。」

佐久間先生壓低聲音告訴我。

「咦？牛奶糖？」

我不由得出聲，佐久間先生立刻食指抵唇喊「噓」，我慌忙閉上嘴。這裡是不能隨便說『敵國語言』的。

而且，沒想到這個時代竟然有牛奶糖。我一臉驚異地看著手心上的紙包，佐久間先生微笑著說。

「這個給妳。最近牛奶糖只供給軍用。妳吃一點比較好，可以稍微補充一下體力。」

「欸……這樣好嗎？給我專供軍用的東西……」

「其實那天我就想給妳，所以在妳昏倒之後慌忙回軍營，但再回到餐廳時妳人就消失了，真是嚇了我一跳。現在雖然晚了點，幸好有好好的送到妳手上。」

佐久間先生讓我手裡握了三顆牛奶糖。也就是說，這個牛奶糖是軍隊裡配給的東西吧？他為了要送給我這個，還特意回了一趟軍營？

「……謝謝你。」

被他意料之外的貼心行為感動，我低頭道謝。

這時候，我注意到和佐久間先生一起進店、穿著軍服的男人們一直看著我，大概是跟佐久間先生分發到同一個軍事基地的士兵吧。

「喔唷，好可愛的女生喔，鶴阿姨，妳什麼時候雇了個看板娘呀？」

「佐久間你這傢伙是什麼時候認識她的？不可以搶先啊！」

「小姐小姐，我給妳巧克力！」

「也有餅乾唷！」

我被幾個人高馬大的男人圍住，手上的零食堆成小山。

「欸，你們不要靠這麼近，嚇到百合了。」

佐久間先生苦笑著說完，他們笑著說「抱歉抱歉」在餐桌前落座。之後陸陸續續還有其他穿軍服的人進店，連珠炮似地問我問題。

「妳叫百合吧，幾歲呀？」

「十四歲。」

「好年輕喔，哪間學校的？」

「啊，那個……。」

就在我不知該如何回答的時候，佐久間先生說「好了，趕快點餐」幫了我一把。我鬆了口氣，聽他們要點什麼，然後轉達給鶴阿姨。

「百合真受歡迎耶。」

「沒有啦。」

「已經是個稱職的看板娘囉。」

鶴阿姨開心地說。

我站在有段距離的位置觀察這些士兵，他們應該是分發到附近基地的軍人。講到軍人會聯想到中年大叔，但仔細看，他們幾乎都是十幾二十歲的年輕男人。聽鶴阿姨說，他們每逢結束訓練或休假，就會到餐廳集合。

「啊啊，好好吃！」

「鶴阿姨做的飯菜真的很好吃。」

「有媽媽的味道。」

「鶴阿姨就是我們的第二個媽媽。」

鶴阿姨帶著滿臉笑容，看著一臉覺得食物十分美味、大口吃飯的他們。吃完飯後，他們也沒離開，和鶴阿姨聊起天來。

我覺得有點累，在店裡角落的椅子上坐下，呆呆地看著他們的模樣。然後，注意到我狀況的佐久間先生一個人起身，到了我眼前。

「百合，怎麼沒什麼精神？」

「欸？」

「臉色看起來不太好，身體還不舒服嗎？」

我不住地搖頭。佐久間先生像是要確認似地看著我的臉，然後露出笑容。

「已經過了餐期，應該暫時沒有客人會上門了，要不要到外面走走？」

佐久間先生說完，不管三七二十一就帶著我出去。穿過門簾時我回頭看了眼鶴阿姨，她像是在說「慢走」似的朝我揮揮手。

外頭行人如織，大家都穿著和服、勞動服、皺巴巴帶點髒汙的襯衫，道路的兩側，是看來搖搖欲墜、破破爛爛的木造住宅。每次見到這景象，我就會確切的感受到自己來到與原本世界完全不一樣的地方，進而更加悶悶不樂。

不知道是不是聽到了我不小心吐露出的輕嘆聲，佐久間先生歪頭盯著我的臉看了看，但什麼都沒有說，繼續往前走。

究竟要往哪裡去呢？就在我開始覺得奇怪的時候，我們到了杳無人煙的地方。

周圍被夏日的茂密綠意覆蓋，走在宛如森林小徑的路上，覺得沁涼舒適。腳下是個往上的緩坡，這裡應該是山丘一類的地方。

走在前面的佐久間先生回頭，緩緩露出微笑。

「百合，妳還好嗎？」

「啊，是。」

「馬上就到囉。」

坡度趨緩，兩側聳立的樹木也變少，視野開闊起來。

我不經意抬頭看，鮮綠樹梢的另一端，是寬廣的藍色晴空。總覺得自己已經好久沒看過天空了。

「百合，來這裡。」

聽到聲音回頭，在我前方幾步之遙的佐久間先生對著我招手。我小跑步跑過去。

「妳看。」

佐久間先生張開雙手。

我朝著他指的方向一看。

「——哇啊！」

不由得驚呼出聲。

是宛如要把山丘上的裸岩全部埋起來似的，數不清的百合花。雪白的花瓣在日光反射下，散發出眩目的光輝。

「好棒……！我第一次看到！」

說到百合花，我只看過在花店裡頭綁在花束裡的樣子。開在自然環境中的百合花還是第一次見，更別說這麼多株長在一起的盛況了。

一整片都是甜美濃郁到薰人的花香。

我想走近一點看，便朝百合花跑去。光滑亮麗的高貴花瓣，有著流線葉脈的美麗綠葉，筆直向天生長的花莖。

「好棒，好漂亮……。」

就在我看花看得入迷的時候，身後傳來噗哧一笑的聲音。

「妳喜歡嗎？」

難道是擔心我沒精神，為了要讓我振作起來才帶我來的？我一邊想一邊轉頭看，佐久間先生的微笑近在眼前，盯著我瞧。

「我第一次看見妳笑。能讓妳高興真是開心，帶妳來這一趟有意義了。」

幾乎要碰在一起的近距離讓我心跳加速，不由得稍微退了一步。注意到這個動作，佐久間先生有點不好意思地笑了。

「啊啊，抱歉，太靠近了。我有個跟妳差不多年紀的妹妹，所以總覺得妳不是外人。」

「……妹妹？」

「嗯。但是，已經好幾年沒見了，她跟其他家人一起住在老家。」

說到這裡，佐久間先生輕笑著說：「坐下來聊一下吧」。我點點頭，在被百合花包圍的草原空地上與他並肩蹲下。

抬頭瞥了瞥身旁，被明亮陽光照耀的佐久間先生的臉。

男人帶著微笑仰望晴空的臉，仔細審視便會發現五官非常端正。形狀完美的眉整齊上揚，眼睛是漂亮的雙眼皮，鼻樑直挺，薄薄的嘴唇帶著微笑。被太陽晒得剛好的皮膚表面細緻，一顆痘子都沒有。寬闊的肩膀、厚實的胸膛，雖然細卻強而有力的手臂，和國中學校裡同班的男生完全不一樣。

佐久間先生是成年男人啊，我忽然意識到這點，莫名的心跳加速。想到因太熱而昏倒的那一天，是這雙手抱起我、救了我一命，就無法直視。在加上我實在太在意好幾天沒洗熱水澡的這具身體，在意得不得了。

啊啊，還是好想洗熱水澡。我再怎麼說也還是花季少女啊。

「百合，妳怎麼了？」

佐久間先生突然看向我，我心砰砰響、嚇了一跳。

「不，呃，那個。」

我混亂到了極點，語無倫次起來。然後說了連我自己都嚇到的話。

「佐、佐久間先生長得真帥。」

佐久間先生「欸？」的睜大眼睛。

我一見到他的表情，就猛然回過神來，難為情地低下頭，心想怎麼會講這種話啊的後悔起來。然後，身旁傳出噗哧一笑的聲音，我緩緩抬起眼，就看到佐久間先生一臉覺得有趣地掩嘴。

「這樣嗎？我自己不覺得，不過謝謝妳啦。話雖如此，妳說話很直接耶，真是個有趣的女孩。」

「……抱歉。」

我下意識地道歉，佐久間先生開朗的笑說：「妳是讚美我，不用道歉啊」。

接著，佐久間先生用平靜的語氣告訴我關於他自己的事。我在百合花叢中抱膝坐下，靜靜地聽他說。

佐久間先生的老家，在一到冬天就會被雪掩埋的北方，家族成員有父、母親，還有年紀差很多的弟弟與妹妹。佐久間先生因考上大學而離開老家，住在東京。

在那裡紅紙——召集令來了，要到關東的基地接受飛行訓練，所以被分發到這片土地所在的基地。

「佐久間先生是大學生嗎？」

我忽然有些在意地開口詢問，佐久間先生點頭說「對啊」。

「幾歲？」

「今年二十歲。」

聞言，我不禁大吃一驚。和現代二十歲的人相比，佐久間先生冷靜沉著得多、看起來就是個大人。也許是我只知道現代大學生糾眾喝酒鬧事、在成年禮上大鬧的模樣吧。

「佐久間先生的妹妹，今年幾歲？」

「今年十四了吧。」

「那跟我同年。跟佐久間先生差六……。」

「……等等、好嗎。」

佐久間先生舉起一隻手打斷對話，我倏地住了口。

「欸？」

「那個，佐久間先生的稱呼法，聽起來總覺得有點奇怪。」

「被跟我妹同年的妳這樣喊，有點不好意思。」

佐久間先生不知為何露出苦笑。

「……那，我要怎麼稱呼你呢？」

「這樣，直接叫名字就可以了。」

「你的名字？」

「彰。」

「彰先生。」

「這樣還是怪怪的，直接叫名字也無妨喔。」

「直接叫名字？那，彰？」

我稍微反覆想了想後說。佐久間先生——彰露出微笑。

「我妹很男孩子氣，喊哥哥也都直接叫我名字，好懷念啊……。」

彰；直接稱呼他的名字，總覺得彼此距離縮短了，莫名的開心。但是，被他拿來和妹妹相提並論，也覺得心情有些複雜。

從開滿百合花的山丘回去的途中，我與一群年紀差不多的女孩擦身而過。她們很普通的留著娃娃頭短髮或紮辮子，然後穿著勞動服，完全是戰爭時期的裝扮，但一邊開心談笑一邊並肩往前走的模樣，給我跟現代的女子國、高中生一樣的印象。

「那時候好奇怪喔，田中老師……。」

「對啊對啊，寫板書的時候……。」

聽到這樣的對話。久違地聽到『老師』、『板書』一類的單字，我不由得「嗚哇，學校，好懷念喔……」的小聲低語。

彰聽到這話，同意地說「對啊」。

「妳的學校也被學徒動員了吧？」

被這麼問，我腦中一片空白。

「ㄒㄩㄝˊ ㄊㄨˊ ㄉㄨㄥˋ ㄩㄢˊ？那是什麼啊？」

我疑惑地說完，彰瞠目結舌。

「欸，百合妳不知道什麼是學徒動員？妳之前究竟待在哪裡？」

「沒啦，啊哈哈……。」

彰一臉驚訝地看著笑著打哈哈的我，告訴我什麼是學徒動員。

所謂的學徒動員，簡單來說，就是為了國防工業或增加食物產量而動員大學生、國高中生。由於大量青壯年男子被召集入伍當兵，出征前往戰場，因此沒有可以工作的工人，為了補足缺失的勞動力，就讓還在上學的學生們去工廠工作。

學徒動員一開始只是暫時性、斷斷續續的，最近因為戰爭白熱化，變成持續性的活動，課程完全停止，孩子們每天都在工廠工作。

「我妹妹在之前寄來的信中寫了『好想回學校上課』。那些孩子一定也一樣……。」

彰眺望遠方說。

「百合想不想回學校上課？」

被這麼一問，我想了想。

學校啊、上課啊，我都超討厭的。早起到學校也好、抵抗睡意上課也好、上體育課得團體行動也好、要被綁在學校乖乖坐在椅子上到傍晚也好，我都討厭。

可是……如今，卻覺得懷念。我在這個世界裡，每天得比平日上學時還要早起。這時我才發現能在上課時打瞌睡，是件相當幸福的事。不用工作、整天坐在椅子上，真的非常舒服。

現在的我跟那些女學生，從早到晚都在餐廳或軍工廠努力工作，只有休息時間可以在椅子上坐一下。而且由於沒有電器用品，因此煮飯洗衣都是體力活，相當累人。

「嗯……想。」

我誠實的點點頭。

「平常的去學校、平常的上課、平常的和朋友聊天。這些東西，失去了才開始覺得是無可取代、十分珍貴的。」

我一邊低頭看著髒髒的鞋尖，一邊小聲地說，彰輕輕地摸了摸我的頭。

「……很快就能回去的。」

我沒能第一時間聽懂彰的言下之意。抬起頭來，只見彰帶著毅然決然的表情，直直望向前方。

「要是日軍能打贏美軍，一切都可以恢復原狀。大家、百合還有我的妹妹，就能和以前一樣到學校上學……我一定會盡全力讓一切恢復原狀，即便得拚上我這條命。」

聞言，我想起彰以前曾經說過『特攻』這個詞。

難道彰打算進行特攻行動？打算像自殺式恐怖攻擊那樣，開著載滿炸彈的飛機，以自己的身體衝進敵陣嗎？

那樣做到底有什麼意義？我無法理解。

「……你們是笨蛋嗎？為什麼一定要做這種事？與其讓事情演變成這樣，一開始別打仗不就好了。」

回過神來時，話已經脫口而出。我偷看彰的臉色，生怕他聽了不開心。但彰只是瞬間睜大眼睛，而後稍稍露出苦笑。

「……的確，或許如妳所說，一開始不要打什麼仗就好了。許多人失去性命，許多人因此痛苦，奪走許多人的自由……。」

彰用悲傷的語氣說。他也有因戰爭而失去的朋友吧。

「……可是，因為戰爭已經開始，所以我們必須獲勝。若是戰敗，日本想必會陷入比現在更悲慘的狀況，被戰勝國占領，一切都被奪走，士兵被俘虜，一般市民也會受到宛如奴隸般的對待。我的弟弟、妹妹、百合和鶴阿姨也都……。這樣的事，我光想都怕。所以，為了不會變成這樣，我們日本軍，無論如何都要勝利。」

彰平靜的語氣中毫無雜念，儘是堅強、率真、純粹，完全沒有人云亦云、被洗腦的感覺，傳達出的是經過自己頭腦好好思考，所得出的答案。

正因如此，才讓我莫名地感到心疼和……生氣。

我用自己都嚇到的低沉聲音，對著彰說。

「……這什麼，我完全不懂。為了救其他人，有人去死也沒關係嗎？要救其他人，失去自己的生命也無妨嗎？……這種事，也太奇怪了。」

我一口氣說完，彰一臉困擾的垂眉。

「……我能理解妳的意思。但現在不這麼做的話，就無法拯救這個國家了。」

彰用宛如安撫講不聽、鬧脾氣的小孩似的手勢，揉了揉我的頭髮。被當小孩對待讓我莫名生氣，大吼了聲「隨便你吧！」便跑了出去。

從那之後，我每隔幾天就會趁半夜溜出鶴阿姨家去防空洞睡，期待著眼睛一睜開搞不好就能回到現代。但是，睡了幾次，醒來總還是一九四五年的世界。

有沒有其他的方法呢？我想不出來，方法用盡，束手無策。而在這期間，我已經相當習慣這邊的生活了。

「啊，百合！早安。」

從對面走來，向正在店前打掃的我打招呼的，是附近魚店的女兒，每天都會送魚過來，名叫千代的少女。

「早安，千代。」

「今天也好熱唷。」

「嗯，好熱喔。」

明明某個遠方的戰場上，現在應該正在激戰，這麼日常的對話，總讓我有種奇怪的感覺。說是戰爭時期，並沒有如我所想像的到處一片黑暗、每個人一臉肅殺。比如，有這樣的對話。

「吶吶，百合。」

「嗯——？」

「今天，妳覺得石丸先生會來嗎？」

千代臉頰帶著一點點紅，害羞地問我。她好像喜歡附近基地裡的士兵、鶴屋食堂的常客石丸先生。

「這，假日他常跟彰……佐久間先生一起來，所以今天也一定會來吧？」

「嘿嘿，好棒。吶，待會我裝做有事來找妳可以嗎？」

「欸欸，又來？真拿妳沒辦法。知道啦，在妳來之前我會留住石丸先生他們的。」

「謝啦！啊啊，有朋友幫忙真好！」

像這樣與現代人無異，平凡普通的戀情。所以，說是戰爭時期，人們的日常生活並沒有什麼不同。

不過，看到圍牆、電線桿上到處貼著『奢侈即敵人』、『無慾無求，直到勝利』這類標語的紙，才有我現在身處在戰爭中國家的感覺就是了。

「我幫妳打掃當作謝禮。」

我看著一臉開心微笑，從我手裡搶走掃把的千代，從她顏色樸素的和服袖口，看見底下的紅花料子。

「底下那件衣服的花色，好可愛呢。」

「看得見嗎？我得小心點。」

聞言，我想起在戰爭時期若穿了顏色鮮豔的衣服，會被說成是『叛國賊』。

「這一點點被看見也沒關係吧？」

「欸欸？不行唷。之前有個同學被抓到穿了有花紋的內衣，就被憲兵狠狠罵了一頓，所以一定要小心。百合也是喔。」

「這樣啊……。」

連穿喜歡的衣服都不可以，真的是非常不自由的時代。

「……但是，我可以小小炫耀一下嗎？」

千代小聲地說。我一臉疑惑地問：「炫耀什麼？」。

「那個啊，這個衣服……。」

千代拉著我的手到沒人看見的地方，拉開衣襟，讓我看下面那件有花紋的衣服。

「很可愛吧？我把我媽以前穿的襯衫，設法改造成了打底衣。」

「欸？難道是妳自己改的？」

「是啊，還有妳看，刺繡也是。繡得很漂亮對不對？」

千代指著自己胸口處的薔薇刺繡，自豪的笑著。

「好厲害！這也是千代自己繡的嗎？好棒唷！」

「嘿嘿，是吧？這是我至今做得最好的一件了。別看我這樣，我可是很擅長裁縫的。下次幫百合的衣服也縫一個吧。」

「欸，可以嗎？好高興喔！」

「當然，百合花繡起來很漂亮的呢……啊。」

原本一臉興致昂揚說話的千代，瞬間緊張起來，因為感覺到有人經過附近。千代慌忙整理衣襟，把有可愛花紋的衣服藏在灰色的和服下面。

自己特意做的衣服、喜歡的刺繡，都得避人耳目當打底衣穿。這太難受了，我硬是換了個話題。

「吶，千代，這麼說，妳的學校也停止上課了吧？」

「欸？嗯，對啊，現在每天都在製絲工廠工作。」

「……妳不會覺得討厭，或覺得為什麼要做嗎？」

聽我低聲說完，千代呆了一下，然後語氣堅定地回答。

「士兵在戰場作戰，我們在大後方支援。」

聽我問「那是什麼？」，千代驚訝地睜大眼睛說「妳沒聽過嗎？」。

「學徒動員的口號啊。士兵們為了我們冒著生命危險作戰對吧？我們女孩子沒辦法直接幫忙，所以就透過在工廠工作，支援士兵。所以一點都不覺得討厭，大家反而覺得很光榮呢。」

協助戰爭，是榮耀？

我無論如何都無法輕易接受這樣的想法。因為，我在現代接受的教育是『戰爭很可怕』、『不能重蹈覆轍的錯誤』。

即使如此，這個時代的人，並不覺得戰爭是壞事。

若是一九四五年的初夏，戰爭已經快要結束了，日本的戰況應該處於極度的劣勢才是。可是新聞媒體上，一直報導的是日本持續獲勝的消息，所以每個人都相信『日本不會戰敗』。

國民團結一致，對播報的戰局時喜時憂，為日軍加油。見到這種情況，我有種宛如現代人在看奧運或其他比賽時幫日本隊加油的感覺。對於已經知道戰爭結局的我而言，不知道該怎麼說才好。

掃完地之後，千代用力的揮揮手回家。我懷著複雜的心情目送她的背影，而後拿著千代送來的裝魚箱子，回到店裡。

「鶴阿姨，魚送到囉。」

「好，謝謝，麻煩幫我放進冰箱。」

我回答「好」，把魚放到被稱作冰箱的木箱裡，早上買了放進箱子裡的冰塊，散發著冰涼的氣息。為了不讓冰塊被外面的熱氣融化，我立刻關上箱門。

不多久，店外似乎傳來嘈雜的人聲。我走到店門口，穿過門簾，到外頭確認情況。

「啊，百合。」

如我所料，是基地裡的軍人們。走在最前面的石丸先生笑著揮手。我打招呼說「午安」，招呼他們進店。

彰在陸續走進店裡的軍人中央。

「百合，最近好嗎？」

彰與我擦身而過時順道摸了摸我的頭。接著在他身後的士兵們便此起彼落抱怨「太狡猾啦佐久間！」

「百合可是我們大家的妹妹喔？」

「對啊對啊，不能讓你一個人獨占！」

彰微笑，說「百合真受歡迎」，然後說「但是，第一個認識百合的是我，所以我有獨占百合的權力」。

「真是個討厭鬼欸你，佐久間。」

這麼說完後他們笑了起來，一個接一個摸摸我的頭然後穿過門簾。沒被比我年長的男性像這樣寵溺過的我，不知道該擺出什麼表情才好。看到我默默的被摸頭，彰噗哧一笑。

「……什麼啦，彰。」

「不是，因為妳一臉不知所措的樣子，所以覺得好笑。怎麼說，就像很少被稱讚的頑皮小孩似的。」

又把我當小孩了。我氣鼓鼓地丟下「彰是大笨蛋」這句話，就留下彰，自己回到店裡頭，背後同時傳來彰忍俊不禁的笑聲。

他們碰到訓練提早結束或休假的日子，一定會來鶴屋食堂。吃完飯之後就留在店裡，躺在榻榻米座位上聊天、看報紙，玩將棋或圍棋，打百人一首歌牌、撲克牌或花牌，各自悠閒地享受休假時光。他們來店裡的日子，其他的常客也會自覺的不上門，所以總是包場狀態。

鶴阿姨總是幾乎不收他們錢，端出許多以這個時代而言非常豪華的餐點。我也漸漸知道這應該會賠錢，某一天趁著他們回去後問了鶴阿姨。

「吶，鶴阿姨。」

「怎麼了？」

「妳一直給士兵那麼豪華的餐點……錢的方面沒問題嗎？」

聞言，鶴阿姨笑著說。

「他們啊，大家都是特攻隊的隊員唷。」

雖然聽彰說過『特攻』這個詞，但沒想到所有人都是特攻隊員的我，驚訝到啞口無言。

「他們為了國家獻上年輕的生命，就像是活著的神明一樣啊。大家再幾個月、再幾天就會為了國家如落花般戰死，是值得尊敬的人……所以我想要傾盡全力、盡可能的招待他們。」

再幾個月？再幾天？騙人的吧……他們所有人，馬上就要死了？突如其來的事實，讓我驚愕不已。

這麼說來，來這裡的士兵成員們每次都有些不同。有突然出現的人，也有突然不來的人。想著應該不會吧的問了鶴阿姨，結果不來的大家都是因得到了特攻命令而出擊的人。新來的人，則是要從這個基地以特攻隊身分出擊，而從其他地方調動過來的人。

根據鶴阿姨的說法，調到這個特攻作戰最前線基地的士兵，快則兩、三天，慢則兩、三個月就會接到出擊命令，往南方天空飛去。

聽了這番話，我遇到他們時，就不知道該以什麼態度對應才好。幾天後他們或許就會赴死、說不定再也見不到了的念頭，不停在我腦中浮現。

但是，平均二十歲左右的他們，現在依然帶著一臉和普通年輕人無異的開朗表情，津津有味地大口吃著鶴阿姨煮的菜，和同伴聊天，說垃圾話，彼此開玩笑。

就在我懷抱著不知道該怎麼說才好的複雜心情看著他們的模樣時。

「喂，百合。」

有人從裡面的位置喊我。

聲音的主人是千代喜歡的對象，石丸先生。包括彰在內有五個人坐在那個位置，除了彰和石丸先生之外，還有寺岡先生、加藤先生、板倉先生。儘管五個人年齡、個性都不相同，但他們隸屬同一個小隊，感情相當好，總是一起來店裡。

「百合，可以陪我們這些大叔聊聊天嗎？」

有趣又是個炒熱氣氛高手的石丸先生賊賊笑著說。他今年二十歲，是隊裏唯一一個和彰同齡的人，所以感情最好。

「喂石丸，不要講得這麼這麼噁心啦，百合會覺得不舒服吧。」

邊苦笑邊說教的是熱血青年加藤先生，二十六歲。

「對啊，石丸。像個臭大叔喔。」

在加藤先生旁邊皺著眉的，是其中年紀最小的、十七歲的板倉先生。

「什麼啊，板倉你這傢伙，不要太自大了！」

大家笑著看石丸先生擺出一臉氣呼呼的表情，單手扣住板倉先生的頭，然後板倉先生一臉不開心地喊「好痛好痛」的樣子。板倉先生是大商人家的四少爺，像個么子一樣可愛，年長的隊員們都很疼他。

「真是的，你們感情真的很好欸。」

微笑著的是年紀最長的寺岡先生。感覺得到他包容他人又穩重的個性，深得隊員們的信賴。

坐在開心調笑的石丸先生他們一行人最裡面，彰單獨一人，沒有加入對話。定睛看他在做什麼時，竟發現他正默默地讀著一本厚厚的書。

大概是注意到我的目光，石丸先生拍拍彰的肩膀。

「欸欸，佐久間！難得百合過來，你要看書看到什麼時候？」

「欸？啊啊，抱歉。」

彰開始回神似地抬起頭，闔上書。

「真是的，佐久間你這個人，一開始看起書就完全無視周圍狀況了啊。」

「抱歉，剛好看到開始有趣的段落。」

彰打哈哈似的笑了。石丸先生看了彰正在看的書封一眼。

「又在看這種看不懂的書。」

說完整張臉都皺了起來；而後一臉促狹地抬頭看我。

「百合，妳知道嗎？」

他說。

「知道什麼？」

「佐久間啊，竟然是那個早稻田的學生，在早稻田研究哲學唷，是秀才！秀才！所以才連這種艱澀難懂的書也能看得那麼開心。」

所謂的早稻田……是那間早稻田大學？連我這個對大學毫無興趣的人都知道的名字。

但是，這時候的我，比起覺得讀早稻田好厲害，更在意另一件事。

連上了大學這樣優秀、將來充滿希望的人，都要被派出去打仗嗎？

我並沒有不念大學的人才適合入伍的想法，但完全沒想到連還是學生的人都得被派到戰場上去，所以嚇了一跳。

我突然好奇起大家的來歷，開口一問，其他的隊員們有的說也是大學生、有的說是學校老師。

我聽說以前考得上大學的人屈指可數，而且，以前的老師和現在不一樣，是被當成『老師大人』般尊崇，不僅作育英才，周圍人們也相當敬重的角色。

若是如此，那就是連這麼重要的人才都因接連的特攻而『如落花般戰死』。我不由得想，這到底算什麼？不覺得很奇怪嗎？因為，雖說是『為了保護國家』，可最後是國家失去了財產不是嗎？

大概是我的想法顯露在表情上，彰他們一臉奇怪的問我「怎麼了？」。我本就是會把腦子裡想的事情說出來的個性，所以就把話都說了出來。

「……大家，為什麼會加入特攻隊呢？」

他們都一個樣子的睜大了眼睛。而後很快的，最年輕的板倉先生不知道為什麼一臉受傷的表情，低下了頭。

一陣沉默，周圍其他桌喧鬧的隊員聲音聽起來格外大聲。靜得幾乎喘不過氣，我繼續說下去。

「是被命令才去進行特攻行動的吧。無論如何都無法拒絕嗎？」

沒能打破沉默。隔了好半晌，年紀最長的寺岡先生才緩緩開口。

「不是因為被命令才去的。」

他小聲地說，輕輕的把手伸進軍服的胸前口袋。寺岡先生在大家面前拿出來的，是一張照片，一張已經破破爛爛又褪色的黑白照片。照片上是一名看起來約莫十幾歲的年輕女子，還有她懷中抱著的小小嬰兒。

「這是我的太太和孩子。」

寺岡先生看了我一眼，視線落回照片上，露出溫柔的微笑。

「我前年結婚，女兒是去年冬天出生的。我在這孩子出生前不久被徵召入伍，所以還沒有見過她……。」

「欸……？沒見過？明明是自己的女兒？」

我脫口而出，說完就後悔了。因為依然帶著穩重微笑的寺岡先生眼眸中，露出了寂寞的神色。

是的，不可能不難過。寺岡先生註定沒能親手抱過自己的孩子，就要從這世上消失了。真是不敢相信。太殘忍了……難道因為現在是戰時，所以就能容許這種事發生嗎？

可寺岡先生眼神堅毅地說。

「我啊，對自己能成為特攻隊員是很自豪的。因為我可以用我的性命保護自己的妻兒。」

我沒辦法立刻消化這些話的意義，呆楞楞的開口。

這算什麼？這不對啊。因為，寺岡先生的太太，還這麼年輕就要變成單親媽媽了呀？

我想起了自己的媽媽，心裡難過起來。

從早到晚辛苦工作，把我養大的母親。想到她的身影，思念的心情一下子湧了上來，心痛不已。媽媽現在不知道怎麼樣了，想看看她，想見她……。

我忍耐著自己泫然欲泣的心情，低聲勸說寺岡先生。

「……您的太太單獨一人，一定很不安，因為，單憑一個女人要拉拔孩子長大，是非常非常辛苦的。要照顧孩子同時又要工作，真的是十分困難又吃力的事。她一定會想，要是寺岡先生在身邊就安心了。」

靜靜聽完我勸說的寺岡先生，微微低頭，從胸前口袋拿出某個東西。

那是一封和照片一樣破破爛爛的信。寺岡先生一定無數次拿這封信和照片看了又看，看到都磨損了，所以才會變得這麼破破爛爛。一想到這裡，我就既難過，又心疼得不得了。

信件是用毛筆和墨水寫的，字寫得太俊逸，我看不懂。注意到這點，彰開口唸給我聽。

『昌治郎大人，不知貴體是否安康。這裡靖子和佳代也一切都好。為了國家、為了天皇陛下而執行尊貴任務的您，是靖子的驕傲。請安心地把年幼的佳代託付給我，請您沒有遺憾、沒有牽掛地完成您的任務。我會在遠方的天空下祝福您武運昌隆的。』

寺岡太太直接了當的話，讓我無話可說。

我陷入沉默後，熱血男兒加藤先生緩緩開口。

「百合，我啊，剛好是開戰那時開始在中學當老師的。戰爭白熱化後，我聽說我教的第一批學生中，有些人因為學徒出陣（註）上了戰場，然後，其中有幾個人戰死了……我非常非常懊悔，自己的學生遭到空襲、在遙遠的南方戰死，身為教師的我到底做了什麼？所以，收到紅紙的時候，我打從心底高興。我想，『這麼一來，我終於可以站在保護自己學生的位置上了』。當我分發的基地在招募特攻志願者時，我是第一個舉手的。」

慷慨激昂發言的加藤先生，眼睛裡閃著自豪的光輝。我同樣無話可說。

「我從小就憧憬著能從軍，決定長大後一定要成為堂堂正正的帝國軍人，賭上自己的性命為國戰鬥。這是日本男兒的大和魂啊。」

石丸先生用開玩笑般的輕鬆語調說。在他身旁的板倉先生微笑著說「我也是」。

最後彰開了口。

「長官是這麼跟我們說的。『目前戰況緊急，能救日本的，就只有你們年輕人憑藉高貴靈魂的捨身攻擊了。有誰願意為了天皇陛下，為了大日本帝國，為了國民，為了所愛的家人、朋友、戀人，自願成為特攻隊呢』。聽了這番話，我深受感動，我們可以用這副身體、這個靈魂，守護這個國家。所以我立刻就舉手了。」

我盯著彰的眼睛看。那雙純淨無塵、澄澈率真的眼睛。

……這些人在說什麼？我完全無法理解，為什麼能生出這種想法？

因為，我知道的。日本不久後就會戰敗，這群人接下來要做的事，所謂的特攻，都是無謂的犧牲，不管做或不做，日本都會輸。

這也許確實是令人遺憾且極不名譽的結果，可絕不是不幸的結果。因為長年讓人民痛苦的

（註）學徒出陣（学徒出陣）。1943年起，日軍為了補足不足的兵力，徵召仍在大學、高中、專門學校就讀、年滿20歲的學生入伍。1944年10月以後徵兵年齡降為19歲。

戰爭終於結束，日本會一點一點的逐步復興，然後到我所處的時代時，已經完全重返世界頂尖的行列。

所以你們沒有赴死的必要。為什麼這麼率真、這麼單純、這麼溫柔的人，非得要死呢？我不甘心，好想大喊反正日本會輸啊。但即使說了，也沒人相信。

取而代之，我說。

「……什麼特攻，什麼自己主動赴死，根本是笨蛋，這種行為不就是自殺嗎……？笨蛋。下特攻命令的高層、順從命令的人們，全部都是笨蛋。明明可以不這麼做的，明明可以逃走的啊。」

聽我顫著聲音說完，彰忍俊不住。

「……妳真的是個直腸子欸，心裡想的全都表現在臉上或說出來。」

彰的話讓寺岡先生、石丸先生也點了頭。彰用平靜的聲音開始說。

「妳說的話我懂。不過……報紙上雖然報導戰局對日本有利，但實際上並非如此。這樣下去，日本會陷入需在極端不利的條件下談和的狀況，如此一來，日本就沒有未來了。在兵力減少、飛行員駕駛技術低落的情況下要取得豐碩戰果，就只有捨身攻擊了。」

毅然決然的語氣。對特攻意義深信不疑的表情。

我不甘心，想讓他們打消念頭，拚命反駁。

「特攻啊、捨身攻擊啊，都只是無謂的犧牲喔。就算大家捨棄自己的性命衝撞敵艦，結果也只能迎來戰敗而已。」

而後彰回答我，「話不能這麼說」。

「我不覺得我捨棄了自己的性命，我、我們這些人，是最大限度的利用這條命，去拯救日本、拯救國民，這也是一種榮譽。」

「……。」

我不理解。

吶，彰。為什麼你相信像這樣一衝到底，在你死後的未來，就會是光明的未來？為什麼相信自己的死亡可以拯救國家呢？要犧牲你們的生命才能獲得的勝利，真的能讓家人幸福嗎？

這太奇怪了，不是這樣的。

想傳達的事、想勸說的事、希望他們懂得的事，滿溢於心，憤懣不已。但我怎麼樣都找不出能讓他們理解的字眼。

我緊緊抓著盆，一言不發地轉身而去。

非常難過、非常不甘心，心中滿滿充斥著束手無策的憤怒。

溫暖的背影

「百合，今天白天店裡公休，我們出去一趟吧。」

某天早晨，鶴阿姨如是說，帶我出了門。

太陽很大，就算我戴著跟鶴阿姨借的草帽，頭頂上還是像燒起來似的熱。

我沒問要去哪裡。但從鶴阿姨的表情來看，應該不會是一趟愉快的出行。

離開鎮上的大馬路，轉進人煙稀少的小徑，稍微走一段，到了一座冷冷清清的寺廟前。

「墓設在這裡……今天是他們的忌日。」

鶴阿姨嘟囔似地小聲說。雖然想著是誰的墓呢？但看見鶴阿姨瞇起眼睛，靜靜眺望寺廟的側臉，我什麼都問不出口。

鶴阿姨踏著緩慢的步伐穿過寺廟門口，參拜大殿之後，走入殿旁接連的墓園。我靜靜地跟著鶴阿姨的背影。

墓園中到處都是部分毀損、崩壞的墓，密密麻麻的排在一起。許多供奉的花都已枯萎乾透。

荒敗的墓好多啊，我想。墓主的遺族大概是沒時間來清掃，或是連能掃墓的人都沒了。

鶴阿姨在一座墳前停下腳步，然後輕輕把手放在列了一長串名字的墓碑上。

「這是我家的墓，我的家人都在這裡面喔。」

我嚇了一跳。想起剛見面時鶴阿姨說過的話，她說『因為之前的空襲，我的家人全都不在了』。

以舊報紙包起枯萎的花，用水桶裡的水和麻布清洗墓碑。鶴阿姨的動作，像觸摸珍寶一般小心翼翼且溫柔。

「我也來幫忙。」

我小聲地說完，鶴阿姨微笑著把小掃帚遞給我。我接過掃帚，把墓周圍的沙塵、枯葉集中起來。

「謝謝妳，百合。」

鶴阿姨一邊擦拭墓碑一邊小聲地說。

「以前都是自己一個人來，今天有百合陪我，真的很開心。」

我不知道該怎麼回答才好，只能點頭。想像鶴阿姨之前單獨來掃墓，就難過得什麼都說不出口。

打掃完畢，鶴阿姨在墓碑前蹲下，拿出火柴點燃線香。我接過線香，放在墓碑前的線香盤裡，鶴阿姨也同樣輕輕地供上線香。

一道白煙裊裊上升。我看著它，而後閉上眼睛，一動不動的合掌祈禱。

墓地周圍叢生的樹上蟬聲齊唱，不絕於耳。我感覺到陽光熱辣辣地晒在我垂著的後頸上。

我偷偷睜眼看旁邊，鶴阿姨一動不動地雙手合十，眼睛眨也不眨的抬頭直直看著墓碑。那模樣孤獨寂寥，我緩緩別開眼。

「……抱歉久等，差不多該走了。」

過了好半晌，鶴阿姨如是說，站了起來。我也點點頭站起身，頭有點昏。

把帶來的東西放回已經空了的水桶中，我們兩人並肩邁開步伐。

剛離開墓地，鶴阿姨便開口。

「那個墓裡，是我之前在戰場上過世的先生，還有死於空襲的女兒。」

「……嗯。」

「我女兒啊，幸得良緣，嫁給了隔壁城鎮大商店的繼承人，生下孩子，過著相當幸福的生活。不過，之前隔壁城鎮因為空襲被炸得一塌糊塗對吧？她就在那時候被捲入火災當中，和孩子一起……所以，我拜託親家那邊分給我一點她的遺骨，也放進我家的墓裡。」

鶴阿姨雖然沒有流淚，但聲音發啞震顫，一定是連淚都哭乾了。

「至少是和孩子一起……幸好。沒有比失去母親的嬰兒更可憐的了。」

「……。」

我不覺得什麼幸不幸好。如果沒有空襲，這個孩子──鶴阿姨的孫子現在就會活著，明明鶴阿姨和她的女兒應該能看著他長大，明明鶴阿姨不該這麼寂寞的……。

被蟬聲與熱辣的陽光包圍，我不自覺地咬住嘴唇。

「哎呀，別擺出這樣的表情，可惜了這麼漂亮的臉。」

鶴阿姨緊緊抱著我，然後摸摸我的背。

這樣的溫情讓我熱淚盈眶，淚珠滾落在鶴阿姨肩上。

「……好溫柔，百合真是好孩子。」

聽見鶴阿姨這麼說，我用力搖頭。

我一點都不溫柔。是個彆扭鬼，嘴巴還壞，傷害了很多人，不是個乖孩子。

但，對這樣的我，鶴阿姨總是處處溫柔以待

「這是無可奈何的事，因為一切都結束了。不過，今天百合陪我一起來，所以我並不寂寞喔。謝謝呀，百合。」

我小聲抽噎著回答。

「沒這種事。妳給我地方住、給我東西吃、讓我有個睡的地方……即使如此，我卻沒有好好的道謝，真是抱歉。鶴阿姨，我才該感謝妳。」

我一邊說，一邊想起媽媽。我對毫無血緣關係的鶴阿姨都能這麼坦然的道謝，可為何對給了我相同事物的母親，就不能敞開心胸呢？對不起，我在心中小聲地說。

「不要說這麼生疏的話。因為對我來說，百合已經是家人了……唯一的……。」

一直看著我的鶴阿姨眼中，好似也帶著點水氣。

刻在墓碑上的，是鶴阿姨先生和女兒的名字。鶴阿姨或許是將她對女兒的思念，投射到了我身上。

但我完全沒有被當成替身的感覺。因為我知道，鶴阿姨對我的體貼和溫柔是真心的。

所以，我想，如果我可以稍稍填補因戰爭而失去家人、孤身一人之鶴阿姨的寂寞就好了。雖然多半力有未逮，不過至少能替代一下也好。

我一邊想，腦中一邊冒出另一個念頭。

面對鶴阿姨時，我明明覺得『能代替她女兒就好了』，可為什麼聽到彰說『另一個妹妹』時，心情會那麼複雜呢？

之後由於鶴阿姨有事要去找老朋友，因此我們便往城鎮外走去。

鎮外有陸軍的機場。是成為特攻基地，彰所屬的機場。因為離城鎮有段距離，所以看不見基地本身的樣子，但時不時可以聽見戰鬥機在跑道上奔馳的聲音、抑或看見飛機著陸的樣子。

鶴阿姨小學時代的同學，高野太太，是一位笑起來相當可愛的阿姨。我打招呼說『初次見面』，她笑著回應。

鶴阿姨從竹籃裡拿出從家裡帶來的和服與親手做的醃菜，跟高野太太交換她鄉下親戚送來的蔬菜、水果。

這個時代由於物資不足，即便有再多錢，也不能看到喜歡的東西就盡情地買買買，因此若是想要的東西不夠，就會像這樣以物易物。

把從高野太太那拿到的蔬菜放進竹籃時，我感覺到有個小小的聲響，便隨意往那邊一瞟。

「……？誰在那裡？」

沒有人回答。但我總覺得還是有人在那裡，便就這樣提著竹籃走了過去，然後嚇得屏住呼吸。有個小男孩正靠坐在幾家屋子外的圍牆邊。

「怎麼了？身體，不舒服嗎？」

我一邊問，一邊觀察小男孩的樣子，啞口無言。

從髒兮兮的襯衫袖子裡露出的手臂、短褲邊延伸出來的腿，都是前所未見的乾瘦。我腦中浮現出皮包骨這個詞。

「……肚子，好餓，口，好渴。」

看起來還不滿十歲的小男孩緩緩抬起頭，用空洞的眼神看著我。他臉頰凹陷、嘴唇乾裂，從寬鬆的襯衫領口中可見的胸口，清楚浮現出肋骨的形狀。

我緩緩移動目光，看著手上的竹籃。裡頭有水嫩新鮮的蔬菜，看起來非常好吃。這一帶能弄到的蔬菜都是些地瓜、南瓜等根莖類，像這樣的葉菜類蔬菜、番茄之類的難得能吃到，所以鶴阿姨才為了給來店裡的特攻隊員吃，以為數不多的和服去交換。對鶴屋食堂而言，是非常重要的食材。

我都知道。但我怎麼樣都沒辦法忍耐。

轉頭一看，鶴阿姨正開心地跟高野太太聊天。我在心裡小聲地說鶴阿姨，抱歉了，拿出竹籃裡的蔬菜，遞到男孩眼前。

我什麼都還沒說，男孩就像搶劫似地一把奪過蔬菜，大口大口的拚命吃起來。到底有多餓啊？我想，眼眶不禁一熱。

「……你慢慢吃，全都給你。」

我悄悄地跟他說，男孩子或許是冷靜下來了，點了點頭。

看著他吃完，我準備離開時，男孩子拉住了我的衣袖。我一回頭，聽見小小的一聲「謝謝」。我不由得露出笑容，手放到男孩頭上。那一瞬間，男孩露出吃疼的表情。

「欸……抱、抱歉！是我太用力了嗎？會不會痛？」

我慌忙詢問，男孩波浪鼓似地搖頭，但眼中泛出淚光。

「怎麼了？難道是受傷了？」

我擔心地抓住男孩的肩膀，瘦骨嶙峋、細得過頭的肩。

「……被打了。」

男孩嘟囔。

「咦？被打？被誰！」

「店裡的人……。」

男孩說著嗚咽起來。忍不住似的，淚珠從大大的眼中開始滾落。

「我爸我媽都死了，沒有吃的也沒有錢，肚子餓了，想吃店裡陳列的東西，就被店裡的大叔打了。好幾次……好幾次……。」

末了說話聲停止，男孩大聲地哭了出來。

「太過分了……這種事……。」

儘管脫口說出這樣的話，但我曉得店裡的人也相當辛苦。那些努力買進的商品，都是養家餬口的重要收入來源，當然無法一聲不吭地看著它被偷走。我明白，雖然都明白，可是……。

「……很痛吧？很害怕吧？」

我只能這麼做，緊緊把男孩抱在懷裡。被體型不大的我整個環在臂彎中、細瘦得驚人的小小身軀。不知道什麼時候，我的臉頰上也流下了淚。

這麼小的男孩，失去雙親獨自流浪，直到餓得狠了才不得已去偷東西，結果被痛毆。
我不知道該說什麼才好，不知道該怎麼想才好。
為什麼會發生如此殘酷的事？是誰的問題？是誰犯了錯，到底要氣誰、恨誰？我不知道。
男孩的哭聲大到令我驚訝。明明瘦得只剩一把骨頭了，哪來的力氣哭得如此撕心裂肺？一定是一直忍耐至今吧？沒有可以依靠的人，連盡情哭泣都是奢望。
和他相比，一到這個世界就被彰和鶴阿姨所救的我，是多麼幸福。如今的時代像這孩子一樣，忍受著飢餓活著的人恐怕不計其數。而即便不富裕，但平常有飯可吃的我，又是多麼的幸運。
我在心中低語，真希望能幫助大家，然而我並沒有這樣的力量。我可以活到現在，也是多虧了鶴阿姨。若只有這孩子一人，說不定還能做點什麼，但兩個、三個呢？認知到自己的無力這點使我相當痛苦。卻也無可奈何。
不過，如果沒有戰爭，生在我所生活的時代的話，這孩子就不會這麼痛苦了。應該不需要我這種人的幫助，也能夠和家人一起，過著不會挨餓的幸福生活。
「……要是戰爭早點結束就好了。」
男孩稍微冷靜下來，在他抽泣聲的空檔，我的聲音出乎意料的響。
「早點認輸就好了。」
我小聲嘟囔完，男孩睜大淚濕的眼睛抬頭看我。我輕撫他小小的腦袋。
「這麼一來，戰爭就會結束，大家就能重回平時的生活。要是趕快投降……。」

「什麼？妳再說一次試試看！」

身後突然傳來聲音，我嚇得抽了下肩膀。

回頭一看，有個身穿警察制服的男人站在那裡。對方是個高到我要抬頭仰望、筋肉分明的魁梧男人。

「……什麼？」

覺得詫異，不知道他是有什麼事而開口反問，結果原本面無表情的警察，臉色一下子就繃起來了。

「妳是想裝傻嗎！老子可不會因為妳是個小女生就原諒妳！」

突然被這麼激烈的語氣指責，我不禁啞口無言。為什麼我得挨罵呀？

我什麼話都沒說，警察的臉迅速扭曲、因憤怒而漲紅。

「剛剛妳說的話，再給我說一次！」

「欸……？」

「說過裝傻是沒用的吧！」

警察一邊大罵，一邊手伸到制服腰間，從腰帶中抽出某個細長的東西。看清是棍棒一類的東西後，我嚇得臉色發白，反射性的把男孩護在自己身後，然後小聲對他說。

「……太危險了，你快逃。」

男孩一臉害怕的看看警察，又看看我。

「趕快，好了，快走。」

我輕輕推了他的肩，男孩踉踉蹌蹌邁開步伐。他數次擔心地回頭看，我為了讓他安心，便微笑著揮手回應。

「當老子白痴嗎！」

突然被大罵，對方那盛氣凌人的樣子，讓我心裡湧上一股煩躁感。已經很久沒有過這種心情了，讓我想起在現代的學校裡，面對態度高壓老師時的煩躁不滿。

不過現在的我要火大得多。突然跑來，我明明什麼都沒做就對著我破口大罵，而且還拿著武器。雖然很害怕，但憤怒的感覺更加強烈。

「我才想問，是怎樣？不知道原因、突然沒來由的大罵。因為看我年紀不大就把人當白痴的是你吧？」

我把想講的話一鼓腦全講出來後，心想『慘了』的後悔起來。因為警察的臉上浮現出可以說是憎惡的憤怒表情。

「——開什麼玩笑！」

前所未有的大罵聲揚起，警察握緊了手上的棍子。

「老子可是確確實實的聽到了！妳這傢伙，說日本要是投降就好了吧！」

「說了又怎樣？我這樣認為所以說出來而已。」

「什……！滿不在乎的說什麼！妳這叛國賊！」

我的手臂突然被抓住。

我因驚嚇而全身僵硬，眼前的棍子被高高舉起。

啊，要挨打了。我想，但奇妙的冷靜。

被這麼大塊頭的男人用力毆打的話，不可能會沒事。我反射性的閉上眼睛，用沒有被抓住的手擋住臉。

下一個瞬間，咚一下強烈的敲擊來了，我緊閉的眼睛裡冒著金星。雖然不是直接挨揍，不過是劃傷頭部的程度，可還是火辣辣的疼，身體不穩、腳步踉蹌。

「……痛死了。你幹嘛？」

我睜開眼，不由得瞪他，結果警察再度揮下棍子。速度比剛剛更快，還帶著可怕的表情。

我身體僵硬地準備迎接挨打的瞬間，但並沒有敲擊或爆痛的感覺，只有一道悶悶的聲響。

我因覺得奇怪而抬起頭，映入眼簾的是一個按著肩膀、倒在地上的矮小身體。

「——鶴阿姨！」

我慌忙扶起她。鶴阿姨雖然微笑著回我「沒事、沒事」，但臉卻因疼痛而扭曲。

發現是她保護了我，我一下想哭。

「鶴阿姨，為什麼……妳沒事吧？有沒有受傷……？」

鶴阿姨默默點頭，緊緊抱住我。然後再次面對警察。警察瞪大眼睛，說「妳是鶴屋食堂的老闆娘對不對？」

鶴阿姨微微頷首。

「我們家孩子做了什麼失禮的事情嗎，若是，非常抱歉，都是我的責任。我代替這孩子向您道歉，這次請您原諒她。」

這麼說的和阿姨以膝就地，深深低頭道歉，我嚇得屏住呼吸。

「鶴阿姨！不要這樣！我沒有做任何錯事，也沒有說什麼不該說的話！」

我不由得大喊，鶴阿姨拉住我的手，微笑著搖頭。是要我別再說了的意思。

「妳還說，這娘們！」

警察憤憤瞪著我，我也回瞪。

「老子可是聽說過的，鶴屋食堂的看板娘，老說些反戰的話。我本來當做是小孩亂說不去管，但若是這麼反抗的態度，我就不能當沒聽見了。勸妳最好做好心理準備！」

看見棍子再度舉起，我飛奔到鶴阿姨身前。不准再傷害我的救命恩人。

「住手！」

鶴阿姨喊出聲。我緊緊閉上眼睛。

但這次依然沒有打在我身上。

「……？」

我睜開眼。眼前的是寬闊的背影。是我早已熟悉的軍服背影。

「欸……彰？」

那往後轉了下的側臉，果然是彰。

「騙人的吧……為什麼？」

彰在半空中抓住警察揮下的棍子。知道那個撞到什麼東西的悶聲是什麼後，我臉色刷白。

「彰！你有沒有怎麼樣!?」

「不要擔心，我沒事。」

聽到彰輕笑的聲音，我放下心中大石，眼中泛淚。

彰就這樣抓著棍子，手臂緩緩往下。

警察皺著眉頭看向彰，視線從上往下掃過一遍後。

「……你，是特攻隊員？」

他小聲的問。彰沒有回答，只靜靜地垂眼往下看。大概認為這是肯定之意，警察抽走了棍子。

為了國家奉獻珍貴生命的特攻隊員，在那個時代被視為美談，被當成神佛崇敬，所以警察也不能隨便攻擊彰。注意到這一點，我鬆了一口氣。

「我在跟這個小女生說話，無關的傢伙一旁待著。」

「我不能這麼做。不管有沒有關係，我都不能放著單方面受暴的人不管。」

彰的語氣中並沒有責備警察蠻橫的意思，只是淡然陳述。

警察的臉孔因屈辱而漲紅。

「你說什麼!?我才不是施暴！這小女生是叛國賊，我是在懲罰她！」

「叛國賊？你有什麼證據？」

「我聽到了，她說要是日本投降就好了！」

「這句話的前後文呢？你有從頭到尾仔細聽完這孩子說了什麼嗎？只不過是恰巧經過這附近，聽到一、兩句話，就敢自以為是的下結論？」

彰的臉色毫無變化，用低沉的聲音相當平靜地說。與此相對，警察的表情則漸漸扭曲。看得出來是因自尊心受傷導致開始暴怒。

「……閉嘴！總之，你滾開！」

警察咚地一下朝彰的胸口位置推去，要把他推到一旁。彰回答「我不會退開」，點燃警察的怒火。

「當老子白痴嗎！」

大叫著的警察，用他巨大的身體毫不留情的撞開彰。

「彰！……啊！」

在我朝彰跑去的瞬間，眼前突然一片黑。我驚慌的抬眼一看，是一個表情恐怖的大塊頭朝我揮下拳頭。

明明應該是快到看不清的速度，可不知道為什麼看起來像慢動作。緩緩接近、慢慢變大的拳頭。

就在我想著「啊，要打到了」的時候。

彰衝進我和拳頭之間。

只隔著一層薄薄的皮膚，堅硬的骨頭與骨頭的對撞，尖銳的悶響。

在被拳頭打到的瞬間，彰的身體大幅度地往前倒。

「——彰!!」

我的喉間迸出呼喊。

彰按著額頭挨揍的地方，腳步搖晃。我在順勢單膝跪地的彰身旁蹲下。

「彰、彰！你還好嗎!?」

只能說這麼理所當然的話讓我焦躁。我不知道該用什麼語言傳達這種心情才好，這種心疼如絞的痛苦，我不知道該怎麼傳達才好。

我泫然欲泣，緊抱著低下頭的彰的後背。

「嗚……。」

彰口中發出呻吟。大概是因為被毆打的衝擊力，緊緊閉著眼睛，像在忍耐著什麼似的皺著眉。

「彰……很痛嗎？抱歉、抱歉……。」

都是我的錯。為了保護我，彰才會遭毆打受傷。要是我沒說那些話就好了。

我緊咬嘴唇抬起頭。眼前的警察像是被自己的行為嚇到似的，看看自己依然緊握的拳頭又看看彰，似乎因自己一時衝動毆打了特攻隊員的行為而傻住。

「——道歉。」

從唇間溢出我自己也嚇到的低沉聲音。

「向彰道歉。」

掩著臉一動不動的彰，還有擔心地看著彰的鶴阿姨。而鶴阿姨自己也一臉疼痛地按著自己的肩膀。

我心中燃起熊熊火焰，有種如漩渦奔騰的感覺。我對眼前男人的憤怒，已經到了我自己會怎麼樣都無所謂了的地步。

「向彰道歉，向鶴阿姨道歉。你真是最糟糕的爛人了！」

我迎頭痛擊般的說完，警察表情扭曲。

「……百合。」

忽然，有人從下方拉住我的手。我低頭一看，是彰臉色發白的抬頭看著我。

「我已經沒事了，只是輕微的暈眩，已經好了。」

彰搖搖晃晃的起身，我同樣站了起來。

然後在抬頭看彰的瞬間，覺得心臟像被抓住似的。彰的臉上流著一條鮮紅的血痕。

「啊……彰，有血……！」

顫著聲音。我知道自己在發抖。

然後彰無力地一笑，拍拍我的頭。

「沒事的，這點血不算什麼大傷，只是稍微割到而已。」

「騙人，明明流了這麼多血。」

「沒事，沒事。妳看，血不是已經止住了嗎？」

彰用袖子往額上傷口的位置上擦，的確沒有再冒出新的血。我稍微放下心來。

「……百合，不好意思讓妳擔心了。」

頭上被輕輕撫觸的感覺，還有從上而下的溫柔聲音，讓我緊縮的喉頭深處一陣發苦，眼眶泛淚。

「……老、老子什麼都不知道，我沒有錯！」

警察大概是怕了，一邊看著彰的血一邊說。彰面對我時的笑容消失，靜靜地回望警察。

「老子、老子沒有錯……我不知道……。」

警察說給自己聽似的反覆了好幾次，步履蹣跚地走了開去。

我看著警察離開的背影一會，回頭，看著彰和鶴阿姨。

「……沒事吧？」

顫抖到連自己都覺得丟臉的聲音。

挺身而出保護我的兩人露出溫柔的微笑點點頭。我的淚水奪眶而出。

「對不起、對不起……都是我的錯……對不起，對不起你們。」

我雙手覆面，眼淚從指縫流出，沾濕手背。

彰噗哧一聲笑了。

「百合真是個愛哭鬼。」

彰小聲地說著，像要抱住我的頭一樣順著摸摸我的頭髮。我也伸出手臂貼著彰的胸口。

鶴阿姨說「高野太太應該很擔心，我先回去一趟喔。」就離開了。也許是體貼我們吧？

「妳不用道歉。百合沒有做錯，有錯的是那個警察。」

「……嗯。」

我的耳朵緊緊貼著彰的胸口。咚、咚，是規律正常的心跳聲音。

啊啊，他活著，我想。彰活著。

我知道，自己因為許多情感激烈波動的心，一下子冷靜了下來。

「那個警察這麼做是不對的……。」

彰只要說話，胸口就會震顫。感覺很舒服，我閉上眼睛。

過了一會，我忽然抬起頭。

「……是說，彰，你為什麼會在這裡？」

我好奇的問，彰瞬間睜大眼睛，然後笑了出聲。

「這些話我想全部都還給妳。我才嚇一跳呢，沒想到百合竟然會在這個地方。」

「啊……對了。那個啊，鶴阿姨朋友的家在這邊，有事所以過來了。」

「原來是這麼一回事。我是偶然走到這附近，街上的人說『那邊好像有人起了爭執』，所以才過來看看的。」

「欸？爭執？」

「是啊。我想一定是喝醉了吵架一類的事情，原本想來做個仲裁，一看，這不是百合跟警察在吵架嗎？真的是嚇了我一跳。」

彰用開玩笑似的語氣說，我有點不開心。

「才不是吵架呢。」

「是嗎？妳用超可怕的表情瞪著人家，我想一定是。」

「才不可怕。」

「啊哈哈。」

彰覺得好玩似的笑了。聽到彰開朗的笑聲，我的心情也隨之豁然開朗。

這個時候，附近有人經過。被當成小朋友一樣抱著讓我一下子不好意思起來，便離開了彰的身邊。

那一瞬間，視野邊緣看到一塊鮮豔的綠色碎片，是給剛剛那個男孩吃的青菜殘渣。我忽然想起那個面黃飢瘦的男孩，心情一下子低落下去。

「……我可以問究竟發生了什麼事情嗎？」

大概是發現我表情的變化，彰小聲地說。

我點點頭，把今天發生的事情和盤托出。說這些話的時候，應該已經冷靜下來的情緒高昂起來，話音都不由得哽咽。

「太奇怪了，這個國家太奇怪了。」

我衝口而出。

也許這是不能說的話，但是，我想如果是彰就沒關係，如果是彰應該會聽我說，然後理解我的想法。

「那麼小的男孩因失去父母又無人照顧而忍饑挨餓，瘦到不成人形。我只是說了討厭戰爭，就被打了一頓……太奇怪了，這樣的戰爭不是正確的，這個國家錯了。」

我讓滿肚子的話一句接一句地脫口而出。這樣的言論若被別人聽見，大概又會被罵「叛國賊」吧？可是，彰只是一言不發地靜靜聽我說。

「百合，妳呀。」

聽完我說的話，彰看著我低語。我也回望他，等著他接下來的話。

「妳，為什麼……。」

彰這麼說，然後完全閉口不言。

什麼?就在我想追問的時候，鶴阿姨從高野太太的家裡出來了。

「我也差不多該回去了。」

彰忽然這麼說，然後說「那，下回見」，邁開腳步。

儘管想叫住他，但我自作主張把蔬菜給了那個男孩，得先跟鶴阿姨道歉才行，最後只能目送彰的背影消失在視野中。

第二章　仲夏

幸福的片刻

第二天，早上起來第一件事，就是確認鶴阿姨肩膀上的傷。

「鶴阿姨，能讓我看看肩膀嗎。」

「欸？我沒事啊？」

「不行，我很擔心，拜託讓我看一下。」

聽我拚命地說，鶴阿姨有點困擾的笑了，拉開衣襟讓我看看肩膀。

「嗚哇……果然瘀青了。」

「是啊。但只是撞傷而已，沒關係的喔。」

「那，今天店裡還是公休一天吧。」

「沒關係，沒關係的。」

「不行、不行！今天絕對要靜養！」

我硬是讓鶴阿姨坐在起居室，在店的出入口貼上「今日臨時公休」的告示。

「鶴阿姨，今天家裡的事情全部我來做，妳好好休息。」

「這樣不好意思啦。」

「有什麼不好意思的！我偶爾也想報個恩呀！好嘛，讓我做啦。」

「這樣啊……那，就承蒙妳的好意了。」

鶴阿姨終於安安穩穩坐下，我鬆了口氣，開始煮飯。

我一邊切砧板上的醃漬物，一邊想起了小時候的事。

小學時代，我跟母親的感情還很好，總是一起在廚房做飯。當媽媽露出疲憊的表情時，我會說『今天我來做飯』，然後搶著拿菜刀。

即使如此，不知什麼時候開始，我不再進廚房，也不再去看工作回家的母親到底累不累。

……如果，如果，能再一次見到媽媽的話。

到時候，就跟以前一樣，一起做頓晚飯吧。

因為今天店裡沒工作，總覺得時間過得特別緩慢。

做完所有的家事後，還不到中午。邊想著難得有這個機會乾脆打掃一下店裡，邊往餐廳走去時，入口附近傳來聲音。

「抱歉，我們今天公休……。」

以為是客人，我打開窗戶，是彰站在外面。

「早安，百合。」

我呆呆地抬頭看著一如往常笑著打招呼的彰。

「怎麼了？你一個人？」

「啊啊，嗯。」

「抱歉，今天店沒開。」

「沒關係，我不是來吃飯，是想看看鶴阿姨和百合的狀況才過來的。」

大概是聽到彰的聲音，鶴阿姨從裡面走了出來。

「啊呀，佐久間先生，不好意思讓你特別跑一趟。」

「不會。鶴阿姨，妳的傷還好嗎？」

「完全沒事喔，只是有點瘀青，不會痛也不會癢。」

「這樣啊，看起來還好，太好了。」

「佐久間先生才是，頭上的傷怎麼樣了？」

一看彰脫下制服帽子的額頭，眉毛上方有一道不這麼深，不過卻依舊鮮紅的傷口。

「沒事了。血很快就止住，基地裡也有消毒水和止血藥，所以完全沒問題。」

「不痛嗎？」

聽到我問，彰微笑著回答「完全不痛」。儘管不知是真是假，不過由於彰臉色不差，我便安下心來。

準備好茶，我們三人隨意的聊了一會天，鶴阿姨忽然拍了一下手說「啊，對了」。

「什麼？怎麼了？」

「我想到了個好主意。」

「欸？什麼？」

「你們兩個人出去走走吧。」

鶴阿姨突然說，露出充滿惡作劇感的微笑。

「欸？欸？什、什麼……？」

我心中動搖不已，嘴張張闔闔答不出話來。而後鶴阿姨緊緊握住我的手。

「難得休假，這不正好嗎？你們兩個人的時間很少對得上。好好利用這寶貴的一天啊。」

鶴阿姨瞇起眼睛笑著說。

我回頭看彰，彰一瞬間睜大眼睛，而後露出笑容。我的心臟咚地跳了一下。

的確，至今為止幾乎從未跟彰兩人單獨相處過。

「去吧，百合。」

「但是……這樣鶴阿姨就落單了。」

「我沒關係。等下也打算安安穩穩地睡上一覺，不用擔心我。」

「……。」

「佐久間先生，百合就拜託你了。」

鶴阿姨從背後推了我一把，讓我站到彰跟前。

彰回道「是，這當然」，隨即大幅度的點頭。

「有多久沒像現在這樣散步了啊。」

彰抬頭看著天空說。

我也抬頭向上看。天上一片雲都沒有，藍色的夏日晴空，一望無際。

「幸好天氣也不錯。」

彰看了看我的臉出聲搭話。我雖然想回話，但實在太在意走在我身邊的彰，擠不出話來。手心裡一點一點滲著汗。

我緊張到不行。不過這也是當然的。畢竟我從沒有單獨和男人一起，像這樣大白天的在街上隨意的散步。

什麼都說不出口，低著頭走路。右、左、右、左，我呆呆地死盯著自己踏出的腳尖看。至今為止和彰聊過什麼啊？總覺得不可思議。腦中一片空白，什麼都想不起來。

「百合？怎麼了，身體不舒服？」

我猛然抬起頭，搖頭否認。

「沒事的，只是有點茫而已。」

聽我這樣答，彰點點頭說「這樣」。

「有沒有想去的地方？」

彰微笑著問我，但我什麼都想不到。腦中忽然掠過「只要跟彰在一起就好」的念頭，太害羞了，有點窒息。

「……我對那一帶還不太了解。」

不得不打哈哈混過去，彰點點頭回「說得也是」。

「這麼說起來，我也沒怎麼出門，什麼都不知道。」

「這樣啊，也對。」

「今天很熱，走太遠也危險。」

「危險？什麼危險？」

「因為這麼熱的天氣帶著妳到處跑，百合搞不好又要頭昏眼花了。」

彰露出惡作劇般的微笑，彎著身體探頭望向我。

他的臉靠得太近，讓我嚇了一大跳，為了矇混過去，我擺出回瞪的架勢。

「那時狀況特殊啦，現在沒事了喔。」

「是嗎？即使如此，當時真的很嚇人，一臉眼看著就要暈倒的女孩子蹲著，想說到底發生了什麼事。」

「唉唷，囉嗦。那時候沒辦法嘛。」

我抱怨似的回嘴，彰笑出聲說「抱歉抱歉」。

「好啦，言歸正傳，該去哪呢……啊，對了。」

彰環視四周，突然停下腳步。然後回頭看。

「去那家店吧。」

他說。我還搞不清楚狀況，彰抓住我的手腕說「來吧，走了」。

彰拉著我的手走進的，是家房檐上掛著『日式甜品店』旗子的店。

看見『日式甜品』這幾個字的瞬間，我「欸」的叫出聲音。

因為，這個時代的砂糖是貴重得不得了的珍稀物資，不像現代可以隨便在店裡買，很偶爾才能透過配給拿到，而且配給的砂糖數量很少。在鶴阿姨店裡，若加在售出的料理中，很快就見底了。所以，自從來到這個時代，說到吃甜食，就只能吃煮南瓜或是曬乾的地瓜這類東西。

「騙人的吧。甜品指的是甜食嗎？可以吃甜的東西嗎？真的嗎？」

我掩不住欣喜的說，坐在我對面的彰瞇起眼睛笑了。

「之前聽說過這家店有人脈，可以拿到一些砂糖。所以才能在這種時候還有辦法賣甜點。」

「欸……還有這種事呀。」

「那，百合，想吃什麼？」

「那個……。」

我順著彰的指尖看過去，用黑色墨水寫成，像菜單的木牌排在牆壁上。但我不知道上面寫的字詞是指什麼料理，猶豫不決起來。

這時候，彰像是覺得我在擔心錢的事情似的。

「錢我會付，妳不用擔心。」

他把手輕輕放在我頭上。

「因為我一直受到鶴屋食堂照顧，今天妳有什麼喜歡的都可以吃。」

雖然被請客很不好意思，可我沒有錢。

「……可以嗎？」

聽我確認的反問，彰大大點頭。

「當然啊。好啦，選妳喜歡的吃吧。」

我回答「那，我就不客氣了」，目光再度回到菜單上，但果然還是很難懂。在我沉默著選不出來時，彰出手幫了我一把。

「不知道選什麼的話，點刨冰如何？」

我聽到這個選項的瞬間「欸」的喊出聲。

「有刨冰嗎!?」

我驚訝的瞪大眼睛，彰一臉奇怪。

「當然，畢竟這裡是日式甜品店。」

「騙人的吧……太厲害了。」

太驚人了。因為，在這個沒有冰櫃冰箱的時代裡，竟然能在一般店裡吃到刨冰。雖然應該是用在冰店買的冰塊吧？

「那，就點刨冰。」

我一邊覺得自己開心得嘴角上揚一邊說，彰一臉覺得好笑的噴笑而出。

「我第一次看見妳這個表情。」

這麼說起來，或許真是如此。自從來到這個時代，我每天都為了生存而努力。比起開心的事，辛苦、悲傷的事情要多得多，讓人興奮起來的事更少得可憐。

不過，仔細想想，我在現代的時候，好像也總是板著一張臉。明明小時候不是這樣的，可不知道從何時開始，每天都覺得相當煩躁，總是一臉不耐煩。

「光是看到這個表情，帶妳來就值得了。」

彰露出微笑，看著我。

彰的表情總是這麼溫柔啊，我想，和我完全不同。他明明應該每天都過著比我更辛勞、更苦的生活，但為什麼彰總是帶著這麼安穩的表情呢。好厲害喔，我直率的想著。

「……被妳這樣一直盯著看，我臉上都要被盯出一個洞來啦。」

聽彰苦笑著這麼說，我才發現自己連眨眼都忘了的一直看著彰。一下子害羞起來，我別開眼。

彰呵呵的笑。

「要吃冰霰？還是雪？金時應該是缺貨了。」

彰問我。我嚇一跳，轉回頭。

「欸？雪？」

我知道是在講刨冰的口味。知道『冰霰』味，『金時』大概是指紅豆餡。不過，『雪』是什麼啊？

我疑惑歪頭，彰驚訝的睜大眼睛。

「百合，難道妳是第一次吃冰嗎？」

「欸，不是，我吃過刨冰，可是……。」

要講我知道的刨冰口味，是草莓、檸檬、哈密瓜、藍色夏威夷。但若是講出這些名詞大概會被人側目，我便閉口不言。

「……不知道為什麼，每次和百合說話，都有種跟外國孩子說話的感覺。」

彰不可思議似的說。的確，就像是不同國家出生長大的。

「算了，這也沒什麼關係。首先，冰霰是在刨下來的冰上淋砂糖水。」

「啊，嗯，這個我還知道。」

「金時則是把煮的蜜紅豆放在刨冰上面。不過現在市面上幾乎沒有紅豆流通，所以我想應該會缺貨。

「嗯。」

「然後，所謂的雪，就是直接在冰上撒上砂糖。」

「嘿……撒砂糖。還有這樣的呀。」

是現代刨冰沒有的東西。但在炎熱的夏天中吃『雪』感覺更加涼爽，我覺得是個很棒的點子。這麼說起來，『冰霰』也一樣。感謝這麼美好的命名。

被挑起了興趣，我點了『雪』，彰則選了『冰霰』。

店裡人不多，所以店裡的阿姨很快就用盆子送來了木碗。塗了黑漆的木碗盛著白色小山般的刨冰，放在我和彰眼前。不管哪一種口味都沒有顏色，所以外觀都一樣，看起來就是沒味道的普通刨冰。但是，久違地看到被刨出來的冰，感覺還是可口得驚人。

「我開動了。」

雙手合十。店裡的阿姨笑著對我們說「請慢用」。

用竹勺舀起刨冰，發出輕輕的沙沙聲，光這樣就覺得變得涼爽了。含入口中的瞬間，涼意與砂糖的甜味瞬間在口中迸散開來。

「好好吃……。」

我已經想不起來有多久沒吃過這麼冰涼、這麼甜的東西了。就連吃冰後腦刺痛的感覺都覺得懷念。

「好甜，真的好好吃。是幸福的味道啊。」

我很自然地說出這樣的話。

「這樣呀，太好了。」

彰笑著看我吃冰的樣子，然後自言自語似的冒出一句。

「好可愛。」

我聽見這句話的瞬間，竹勺砰愣一聲掉了下來。

「……欸？」

『好可愛』？總覺得聽起來是這個。莫非是……指我？不，應該不是，是我聽錯了？

我張著嘴呆若木雞，直直看著彰。然後彰一臉像回過神來似的，迅速別開臉去。

「……抱歉，我不是故意的。妳不要在意……。」

微微低頭這麼說，單手遮臉的彰，臉看起來有點紅。總覺得他耳朵邊緣也染上了紅。

「……莫非，彰，你害羞了？」

我照實說出自己心裡浮現出的語句，彰放下手抬起頭，帶點困擾的笑了。

「妳就別注意這個了。」

重新面向我的彰，果然臉紅通通。想起彰說『好可愛啊』的聲音，我的臉也開始發燙，心跳如擂鼓。

「……趕快吃吧，冰要化了。」

氣氛莫名變得讓人坐立不安，我撿起不小心掉落的勺子，插進鬆脆的刨冰裡說。

「啊啊，也對。」

彰也開始吃刨冰。

「……。」

「……。」

陷入不自然的沉默，過了半晌，我們同時噴笑出聲。

「好奇怪喔，彰，突然就不講話了。」

「妳還不是一樣。」

「因為……。」

兩人對望著一邊忍笑一邊吃的刨冰，像是融化似的甘甜。

出了店門後，我們兩人在街上散步。

沒有特別要去的地方，就只是在街上轉轉。

儘管剛開始因為緊張，沒辦法好好對話，可等到氣氛漸漸放鬆下來後，終於能像平常那樣聊天。

這是走在大馬路上時發生的事。有輛很大的載貨馬車以極快的速度奔馳，近距離從我身邊擦過，我嚇了一跳，腳下踉蹌。緊接著彰抱住我，之後他說「太危險了」，便牽著我的手走。

這期間我的心臟一直像要破裂般的狂跳，臉上發燙，呼吸困難。

不過，我好開心。

又大又柔軟的手。

明明心砰砰跳，卻非常冷靜。

覺得至今為止一直是這樣。

覺得接下來也會一直這樣。

好幸福。

這樣的時光要是能永遠持續下去就好了——我甚至許下了這種不可能實現的願望。

為什麼和彰在一起，會覺得這麼滿足呢？

為什麼會覺得這麼幸福呢？

但我害怕去想。

我害怕找出答案。

所以，為了隱藏自己的心情，我別開眼去。

侵襲之火

時序進入七月。

真正的夏季到來，本來就熱的這塊土地，更加像被煮熟一樣為熱氣所覆蓋。

今天基地的訓練休息，所以隊員們中午前就聚集到了鶴屋食堂。彰他們那隊輪到打掃，似乎會晚點到。

我一邊服務客人，一邊豎起耳朵聽滿臉嚴肅的隊員們交談。

「沖繩的守軍好像全數陣亡了。」

「真的嗎？」

「聽說沖繩已經被聯合國軍隊占領了。」

「越來越危險了啊……。」

「我看報紙寫，好像東京、大阪、神戶、名古屋那一帶有B29轟炸的大型空襲。」

「大都市整排房子被炸……。」

「當作疏散點的鄉下，說不定也快被轟炸了……。」

儘是些沉重的單字，我不由得嘆息。

聽常來的叔叔說，在東京、大阪這些地方，正遭受被稱為「地毯式轟炸」的攻擊，造成幾萬甚至幾十萬人犧牲。多到幾乎塞滿整個天空的B29——美國的戰鬥機，隨機丟下大量的炸彈，房子、學校、人類，一切都被燒光。地面就如字面所述，像鋪地毯似的，炸彈覆蓋了整片區域。似乎是以讓日本失去戰意為目標，奪走了許多人的生命，徹底破壞物資。光聽都心驚膽跳的、非常恐怖的攻擊。

對於正在這個時代的日本某處發生的事，我沒什麼切身之感。不過這是現實。

為什麼美國要做這麼殘酷的事呢？

但是，不只是美國，日本也一定對美國或其他的敵國做了差不多、說不定更殘酷的事。我聽過這場戰爭之所以開打，就是因為日本偷襲美國。

為什麼日本和美國會變成這個樣子？為什麼會變成像現在這樣反目成仇、彼此憎恨、互相殺戮呢？

明明在我生活的時代，七十年後的世界，日本與美國的關係相當良好。儘管如此，為什麼在這個世界，會不惜讓自己置身險地也要折磨對手呢？

我想告訴這個時代的大家。

在七十年後，日本人和美國人可以互相到彼此的國家旅行、留學。

日本人和美國人結婚也不是什麼稀奇事。

日本人經常吃漢堡、熱狗，鬆餅店也有人排隊。

有許多喜歡日本動漫的美國人，透過網路彼此成為好友。

說不定現在互相廝殺的這些人，在遙遠的未來，他們的子孫會成為朋友、戀人或家人也未可知。

這麼一想，戰爭這玩意真的既無意義也無益處，只是個會招來悲傷結局的禍端罷了。

就在我再度嘆氣的時候，我聽見有人從店裡頭喊「百合」的聲音。

「可以稍微幫我辦點事嗎？」

「好。」

手邊剛好沒有工作的我點點頭，走進鶴阿姨所在的廚房。

「那個啊，米只剩這麼點了，這樣隊員們會不夠吃，妳可不可以幫我拿這個去一位田島婆婆家換米回來？」

這麼交代的鶴阿姨遞給我的，是她以前曾說「這是銘仙和服喔」，珍而重之讓我看過的紫色和服。所謂的銘仙是用絹織成的料子，散發出絲滑閃亮的光澤，是非常漂亮的和服。

「欸……可以嗎？因為，這個……是很重要的東西……。」

聽到我這麼問，鶴阿姨看似無妨的露出開朗笑容說「可以的」。

「我這種歐巴桑拿著這麼高級的銘仙也沒用，讓隊員們吃飽更重要呀。」

微笑著這麼說的鶴阿姨，眼神和特攻隊員們一樣毫無雜質且澄澈。

我用包袱巾把鶴阿姨珍惜的銘仙和服打包好，緊緊抱在胸前。

「百合，去辦事呀？」

幾個隊員注意到走出店外的我，向我打了招呼。

「路上小心喔。」

「嗯，我出門了。」

我朝他們揮揮手，一邊看著鶴阿姨給我的地圖，一邊邁開腳步。

天熱到稍微走幾步就會立刻流汗的程度。

我一邊用手帕擦著汗趕路，一邊想著今天如果是能泡澡的日子就好了……。

總覺得街上人們的表情比以前更加陰鬱。日本本土開始有空襲，沖繩被占領，每個人心裡都相當不安。說不定日本要敗了。這種想法像緩緩的波浪一樣湧上，充斥著整個城鎮。現在不管是日本的哪裡，一定也是同樣的狀況吧。

路上轉錯彎，所以我遲了一點，不過還是抵達了田島婆婆家。我站在雄偉豪華的宅子玄關前出聲，一位高雅的老婆婆走了出來。

「啊啦，是哪位呀？」

「我是鶴屋食堂的。」

「啊啊，鶴太太家的？」

「是，呃……這個。」

我讓老婆婆看和服，她一副習以為常的樣子點頭說「來換米的吧」，從屋裡拿出裝了米的布袋來。

就只有這樣？分量少到我嚇一跳。可現在就連這點白米也異常珍貴。

鶴阿姨珍藏的和服，變成了分量少到用一隻手就能握住的米。我懷著無以名狀的悲切與空虛感，離開了田島婆婆家。

我抱著用包袱巾包好的米，往鶴屋食堂的方向走去。

嘎嘎嘎，經過發出尖銳金屬聲音的鐵工廠旁邊後沒多久。

……——嗡……。

從遠處傳來一陣微弱的低鳴聲。我在路中間停下腳步，想確認這個聲音到底是什麼。

……嗚——嗯……。

這次距離似乎比剛剛要近，所以聽得頗清楚。一道無法形容、讓人不舒服的聲音。是警笛聲。而且這次聲音靠得更近。

周圍的人們開始騷動起來，抬頭看天空，像在觀察狀況。

下一個瞬間，一個大到幾乎要震破耳膜的聲音襲來，在離我很近的地方警笛開始大作。

是空襲警報。

心臟像被緊緊揪住，霎時出了一身冷汗。

要是真的空襲來了該怎麼辦？我知道警報用的警笛響並不一定是有空襲，可不知道為什麼，今天有種非常不好的預感，心裡喧鬧著上上下下的。

儘管心想大概沒事，但是，如果，萬一……。

我心想得趕快回去，努力邁開腳步，可因緊張而微微顫抖的腳卻無法好好行動。遠近各地，煽動著不安情緒持續作響的警笛聲彼此重疊，演奏出毛骨悚然的不和諧音程。

就在這個時候，我察覺天空突然變黑。

反射性的抬頭往上看。一片晴朗的夏日天空。在這樣鮮亮的藍色當中，有著小小黑點一樣的影子……。

「……來了！是炸彈！」

不知道是誰大喊的瞬間，周圍的人一起發出慘叫。

「快逃——！快進防空洞——！」

「快點，來了！」

宛如下雨一般紛紛從天而降的，數不清的炸彈。令人不敢置信的景象，讓我像靈魂被掏空一樣的只會呆站著。

一邊喊一邊跑的人們從前後左右撞過來，我搖搖晃晃。

「妳在幹什麼？趕快逃啊！」

一位不認識的中年婦女用力的拍了我的背，我好不容易回過神來。

我緊緊抱著包袱，沿著來時路跑了起來。

背後傳來咻咻聲。然後，下一個瞬間。

咚——！

響起爆炸聲。

我回頭一看，剛剛才經過的鐵工廠裡頭，像一口氣爆發一樣，冒出熊熊大火。

「是燃燒彈……。」

「起火了！」

「從防空洞裡出來！」

消防隊的人大聲地指引著。

所謂的燃燒彈，是指裝填了汽油一類燃料的恐怖炸彈。以前鶴阿姨告訴過我，燃燒彈掉落必定會引發火災，這麼一來，防空洞也會因燒起來而無路可逃。

雙手拿滿行李的人，用手推車裝著大件行李的人，從整排住宅的小路裡成群跑了出來。大馬路上人車極度擁擠，我只能隨著人潮移動。

「南鎮已經被炸了，火燒得很大！」

「往北逃吧，去高地……或者去河邊……。」

燃燒的鐵工廠發出匡匡聲響，讓人覺得分外焦慮。

慌亂的人們瘋狂地往高地方向去。

一發現自己離回家的路越來越遠，我便鑽著縫隙離開人群。總之，非得回去一趟不可。總覺得現在不回去就再也回不去了。

許多的燃燒彈炸了下來。

我不由得抬頭往上看，飛機以驚人的高度低空飛行。

數不盡的子彈以催枯拉朽之勢，如雨點般飛來，是機槍掃射攻擊。戰鬥機上的機槍瞄準目標，進行幾十秒的連續槍擊。

附近建築物的牆壁上被彈雨襲擊，撞擊出無數彈孔。從彈孔中隱約可見屋內的樣子。

要是被這打中……。

我毛骨悚然，拚命移動腳步。回頭瞟了一眼，還看得見幾百公尺後四散的子彈。太可怕了，我連叫都叫不出聲。

總覺得我們就像遊戲世界裡的居民，被玩家單方面狙擊，是只能專心逃跑的悲哀目標物。

過了半晌，飛機遠去，稍微緩解了一下緊張的情緒。

黑煙與火焰一口氣從運氣不好被燃燒彈打中的房子屋頂上升起。我迎著熱風，汗水涔涔的流，流進眼睛裡的汗就用袖子多次擦拭，但是，擦了再擦還是一直冒汗。火勢蔓延，火焰與火焰交疊後火勢更強，熱得受不了。

由於吸到濃煙的關係，喉嚨像撕裂般的痛，滿眼是淚。我用手帕摀著嘴，在火焰中拚命的跑。

走了一會，一個孩子在趴倒路邊的模樣映入我的眼簾。

「妳沒事吧!?」

我想也不想停下腳步，在碰到女孩肩膀的同時，背脊發涼。

是具完全失去力氣、軟綿綿的身體。我膽顫心驚地將手湊到孩子的嘴邊，發現她已經沒了呼吸。

全身上下沒有任何燒傷，應該是被濃煙嗆死的。

我看了看躺著的女孩的臉，臉頰上沾了煤灰，眼睛也是半開半闔的樣子。空洞的眼眸上，還有熊熊燃燒的火焰搖曳。我闔上女孩的雙眼，為她擦淨臉頰，搖搖晃晃地站起來。

此時的我胃痛如絞，胃酸上湧。

呻吟著在路邊嘔吐後，擦去淚水，我再度跑起來。

腳步紊亂，我跑得不是很順。

途中，我看到呆立在失火家門前的爸媽和孩子。但我已經幫不了他們什麼了。

感覺自己的感官慢慢麻痺。

……這就是，戰爭。

國與國的爭鬥，政府領頭的爭鬥，奪走了無罪普通人的性命、家庭、珍視的事物。親眼所見，我第一次切身感受到戰爭的恐怖與愚蠢。

載著掃射機槍的飛機又再度筆直飛近。要是待在路上會被看得清清楚楚，有很大的機會被狙擊。

凝視著轉眼逼近的飛機身影，我躲到附近的建築物裡，從門縫窺探外面的狀況。飛機用機關槍射擊著，從正上方飛過，引擎的轟隆聲與槍聲，讓我瞬間聽不見聲音。

此時，在無聲的視野裡，出現了一個從對面屋子飛奔出來的老爺爺。

我大喊「危險！」，卻被引擎聲影響，沒能傳到老爺爺那邊去。老爺爺似乎是想逃到庭院內的防空洞中。

但是，有許多子彈散落到那裡。

我只能看著。

直線落下的子彈，貫穿老爺爺的身體，鮮紅色的血飛濺而出。在癱軟倒下的老爺爺附近，這次落下的是炸彈，頹傾的身體被爆炸風吹飛，砸在屋子的牆壁上。

不過是僅僅一瞬間發生的事。飛機飛過，僅僅的一瞬間。

確定飛機的引擎聲遠去，我搖搖晃晃地走出來。老爺爺全身紅腫，就這樣貼在牆壁上。

我呆呆地站在兩側升起熊熊鮮紅火焰與黑煙的路中央。

……為什麼，會變成這樣？

這些人做了什麼？

明明只是活下去而已。

明明只是在食材、物資匱乏時，連重要的和服或家具都拿出來賣，拚命蒐集食物勉強度日，拚命活下去而已。

為什麼非得像這樣死去呢？

討厭。討厭……。

誰來阻止這一切。阻止戰爭啊。

沒了家，一切都被大火燒光，失去性命。

做到這地步是想要什麼？做到這地步得到的東西，有什麼價值？

趕快注意到吧，這種事是毫無意義的。

日本也好，美國也好，早一點注意到，哪個都可以，快說『不要再打仗了』。

吶，拜託。趕快注意到，別再打了。這麼，瘋狂的事。

「瘋了……太奇怪了。日本也好，美國也好……。」

這時候，從熊熊烈火燃燒的屋子中，傳來咚一聲巨響。

我往那邊一看，愕然失色。

被火焰包圍的房子，朝我這個方向坍塌。看起來像是慢動作似的。可是，我身體動不了，躲不開。眼前一片鮮紅色。我閉上眼睛，縮著脖子，屈身準備承受衝擊。

伴隨著幾乎要震破耳膜的聲音，燒到崩塌的房屋碎片掉落下來。我只能趴在地上，等待碎片雨停止。

過了一會兒，聲音和衝擊都停止了，我慢慢地爬起身。

右腳好燙。仔細一看，燒焦如炭的柱子上冒著煙，壓在我的右腳上，火剛熄滅不久的柱子還蘊藏著熱氣。而且，下一個瞬間更強烈的撞擊和貫穿似的疼痛襲來，屋頂上燒毀崩落下來的東西，掉在又粗又重的柱子上。想把腳抽出來，卻想動也動不了。

我被熾熱的暴風捲入，全身宛如燒灼般疼痛。

……已經，不行了。我會死吧？在這種地方，孤獨一人死去。

——不要，我不想死。

我不想死。

誰來救救我，誰。

「……誰……。」

救救我

我雙手掩著臉，不由得對著什麼祈求。

好痛。好燙。好痛苦。

——救救我。

「——百合!!」

有個喊我名字的聲音。

這個聲音穿破劈哩啪啦火焰爆炸的聲音，直直地傳到我耳裡。

意識朦朧中，我緩緩睜開眼，眼前只有熊熊燃燒的火焰，但是，我立刻就聽出聲音的主人是誰。

「……ㄓ，」

聲音沙啞，沒辦法好好說話。

但我得說，我得喊出來。

「……ㄓ、ㄤ……ㄓㄤ……。」

再一次，吸氣。

「……彰——!!」

原本美麗的夏日晴空，被濃煙和火焰迅速染黑、染紅。

我朝著骯髒的天空大喊。

「彰……彰！救命!!」

漆黑四散的煙，鮮紅蠕動的火焰，因熱氣而宛如海市蜃樓般搖晃扭曲的景象。

朝這裡過來的，小小的人影。

筆直地朝我這裡過來。我凝視著那個身影，然後，等待。

拜託，早點過來，這裡好可怕，獨自一人好可怕。

「百合……！」

穿過火焰站到我眼前的，是我等待期盼的人——彰。

「笨蛋，怎麼會在這裡……！」

彰露出我從來沒見過的焦急表情，抓住壓在我腳上的柱子。他雖然戴著厚厚的皮革手套，但一定很燙。

即使如此，彰還是毫不猶豫的抱起柱子，扛在肩上。他皺著眉頭，咬緊牙關，把扛在肩上的柱子往上頂，這樣我被壓住的腳附近，便有了一點點的空間。

我趕快抽腳。彰見狀安心的鬆了口氣，放下扛在肩上的柱子。

這時候，從後方傳來喀吱喀吱、啪擦的聲音。是勉強留存的大樑燒到崩塌的聲音。

彰迅速拉起我的手臂，然後緊緊抱住倒在他臂彎裡的我。

「彰，謝謝……。」

我的臉埋在彰胸前，一邊被煙嗆著一邊道謝時，彰用手捧著我的臉，讓我抬起頭。近在眼前的彰的臉被煤灰弄髒，然後緊皺著眉頭，露出一臉嚴肅的表情。

「百合，妳為什麼不往河邊跑！刻意跑到火這麼大的地方……。」

「因為，要把這個送到鶴屋……。」

我指指一直抱在胸前的包袱後，彰大罵「笨蛋！」。彰像現在這樣顯露出感情的聲音，我是第一次聽見。

「妳這笨蛋！性命才是最重要的吧！」

彰的臉緊皺，緊緊抱住我。

我的耳朵緊貼在彰胸口。彰的心跳聲，咚咚咚，像急敲的鐘聲。這是因為他是跑來的嗎？

「……彰，你怎麼會在這裡？」

我小小聲問，彰把臉頰靠在我頭上說。

「我剛到鶴屋時，空襲警報就響了。鶴阿姨一臉快哭的表情，說她讓妳出去辦事……。」

「……所以，你就來找我嗎？」

抬起眼，我直直望著彰溫柔的微笑。心臟砰砰跳，並不是因為覺得恐怖。

「這是當然的啊，我之前不是說過？因為百合是我……」

彰一瞬間噤了聲。而後小聲地說。

「……就像我的另一個妹妹……。」

聽到這話的瞬間，不知道為什麼，我無可救藥的痛苦起來。

「……這種話，不要說了。」

是妹妹這種話，不要說了。我低聲說完後，心想完蛋了。

但是，彰只是「欸？」的露出疑惑的表情。太好了，他沒聽見，我鬆了口氣。

「沒什麼。」

我搖搖頭。與此同時，隔壁房子的火也燒了過來，一點一點的開始冒出火苗。

「走吧，這邊很危險。」

「嗯……。」

我想跟彰一樣站起來，但右腳一陣劇痛。

儘管瞬間的疼痛緩解，可還是一下一下鈍鈍的痛。我瞟了一眼，從燒焦開了個洞的工作服縫隙間，看到又紅又腫的皮膚。不過並非多嚴重的燒傷，我安下了心。

即使如此，想站起身時依舊非常痛。大概是注意到這一點，彰的手臂穿過我的腋下。

「看起來不太能走。」

「……。」

「好，我揹妳。」

彰蹲到地上，拉著我的雙臂環住他自己的脖子。變成他揹著我的狀態，我的身體緊貼著彰的背脊，害羞得不得了。

「沒、沒關係，我可以努力走的……。」

我慌慌張張地想要下來，彰回頭看了我一眼，笑著說，「妳害羞什麼呀」。

「我、我才沒害羞！」

「臉紅囉。」

「笨蛋！」

我用力地打了彰的背，但他不在意的笑了。

「那，我們走吧。速度很快，妳要抓好別掉下去囉。」

彰硬是揹起我，站了起來。我沒有父親，所以這是第一次趴在男性的背上。

彰迅速的跑起來。比我想像得還顛簸，要是不抓好，怕是現在就要掉下來。我環著彰的脖子，緊緊抱著。

寬闊、厚實的背。要是好好靠在這背上，我覺得，一定沒問題的。

我胸口的心跳，也一定傳到了彰的背上。好害羞。

即使如此，我還是把全身都依託在了彰的後背。因為想要稍微靠近一點點，因為不想離開，為了救我而找到火海中的，這個人。

不知不覺間，已經聽不見爆炸的聲音了。注意到這一點，我終於稍微安心了些。

這時候的我，覺得「恐怖的時光終於結束了」。

但是，真正的恐怖，現在才要開始。

通往鶴屋食堂的路火勢兇猛，看起來無法通過，我們便往附近最大的河川方向去。因為有水源的地方，火勢應該就不會延燒到那裡。

途中，我們經過火已經滅了的地方。我緊貼著彰的背，看看左右以及周圍的樣子時，突然感覺自己全身的血色唰一下退去。

「……什、麼，這個……。」

我只能說這個。拚命往前跑的彰耳中，似乎沒有聽見我的聲音。

我就這樣什麼話都說不出來，呆呆的看著搖晃的景象。

染成鮮紅色的天空。燒得黑漆漆倒塌的多間房屋。整片飄散的，燒焦的味道。

還有——橫七豎八倒在地上燒死的屍體，多得數不清。胸前抱著孩子的、兄弟姊妹手牽著手的，又或者是單獨一人的，許許多多一動不動的人。

我再度有想吐的感覺。緊緊閉上眼睛，讓自己什麼都不要看，什麼都不要想。

可是，就算阻斷了視覺，也沒能阻斷聽覺與嗅覺。

燃燒著什麼東西的聲音，貼著我的耳膜。燃燒著什麼東西的味道，刺激著鼻腔。

我最終在彰的背上，別過臉朝地面嘔吐。彰當然感覺到了，可他什麼都沒有說。

我今天早上只吃了浮著剩菜的清粥，胃裡已經空空如也，只吐得出發苦發酸的胃液。

彰默默地繼續往河川的方向跑。

——途中，我再度看到難以置信的景象。有個因被火焰包圍而痛苦翻滾的男人。

彰見到那個男人的瞬間便說。

「百合，等我一下。」

把我從背上放了下去。

彰跑過去脫下上衣，用衣服拍打那個男人周身的火焰，但是火完全沒有熄滅，沒多久，那個男人便像斷線的木偶一樣砰咚一下倒在地上，痛苦的往前伸手，手也似乎因力竭而落到地上。

就這樣一動也不動了。

站在旁邊低頭看他的彰，背對著我，我看不見他的表情。過了一會彰轉了身，回到我這邊來。

「……走吧。」

我抬頭仔細看著用無力的聲音小聲這麼說的彰。

一臉疲倦的緩緩勾起嘴角，露出一如往常溫柔微笑的彰。他的眼睛裡，露出無法形容的悲傷與無力感。

——為什麼救不了他呢？他該有多痛啊……我知道彰正被這樣的後悔念頭所折磨。

這個人，怎會如此溫柔？

因為溫柔，所以才能把素昧平生之人的痛苦當作自己的痛苦感受，然後，自責自己救不了對方。

所以，才會想著不惜犧牲自己去拯救這個國家、這些人。

「……彰。」

我啞著聲音小聲說，把手放在佇立在眼前的彰手上。那被煤灰染黑，被火灼傷的手。

大大的手掌。彰用不久前才為了拯救消失的生命而拚命掙扎的這雙手，為了讓自己的生命消失，進行操縱特攻飛機的訓練。

我悲痛萬分，自顧自的流下眼淚。

「……百合？」

我一邊聽著四周痛苦的聲音，一邊把臉頰貼在彰的手心。眼中溢出的淚水流到彰的手上，讓弄髒彰的煤灰變成了黑色的河川流淌。

「……百合真是個溫柔的孩子。」

彰如是說。接著摸摸我滿是煤灰的頭髮。

「……走吧。快要到河邊囉。」

我再度抓緊了彰的背。

通往河川的路上擠滿了人。也有許多受傷、燒傷的人。或許是跟家人走散了，也有在路邊哭泣的孩子。每個人都只顧得上自己，看都不看別人。

但，彰不一樣。他搖晃身體重新背上我後，便朝著抽噎哭泣的小男孩伸出手。

「在這裡太危險了，跟我們一起走吧。去河邊的話，說不定你爸媽會在那裡喔。」

男孩哇哇大哭著握住彰的手。彰背著我，牽著男孩的手，邁開步伐。

許多人聚集在跨河的橋邊。有喝河水解渴的人，有冷卻燒傷部位的人，也有臉朝下倒在河川裡動也不動的人。

但是，男孩的家人似乎不在這裡。

我們在河邊待到這一帶火勢熄滅，往附近當做避難所的小學去。聽說鶴屋食堂那一帶的火勢猛烈，還是不要過去比較好。儘管很擔心鶴阿姨，可我的腳沒辦法走過去，也不想再給彰帶來更多負擔。

小學操場上排放著許多臉上蓋著布的焦屍。許多人一塊布、一塊布的確定是不是自己的家人。即便男孩的家人或許也是其中之一讓我覺得毛骨悚然，但彰沒有停留，逕直走過。

走進木造的教室樓，不管是哪一間教室都擠滿了人。好不容易找到可以進得去的地方，我們終於得以坐下。

嬰兒的啼哭聲，交頭接耳、小聲說話的聲音，喊著「好痛好痛」的聲音響著。

腦子放空的坐了一會，另一頭響起喊「義雄！」的聲音。回頭一看，一位穿著燒焦衣服的中年太太睜大眼睛，看向我們這邊。一問之下，男孩似乎是住附近的人。

把因看見認識的人號哭得更大聲的男孩交給中年太太，交談了幾句，彰回到這邊來。

「百合，妳的傷怎麼樣？」

「看來只是輕微的燒傷，我也好多了，沒事的。」

「這樣……雖然早點處理比較好，不過似乎到處都沒有足夠的藥品。」

「沒事啦，沒有那麼痛。」

「是嗎？」

雖然彰再度露出擔心的表情，但他的臉上看得出顯露疲態，我拉著彰的手讓他落座。

「彰，稍微休息一下吧。」

「嗯……謝謝。」

彰淺淺一笑，手臂交疊、靠著牆壁，閉上眼睛。

我抱著膝蓋，觀察周圍的情況。

用沾滿鮮血的繃帶包著手臂或腳的人。頭部往下滴著血失去意識的人。全身被火燒傷的人。抱著彎成詭異角度的腳，悵然若失的人。

光是看就覺得可怕，我把臉埋進抱著的雙膝中。

不曉得經過多久時間，我稍微睜開眼看看，不知何時天色已經全暗了。

「……彰。」

我抬頭無意識地輕聲一喊，好像本來在打瞌睡的彰緩緩睜開眼睛。

「百合，稍微睡一下比較好。」

「嗯……抱歉，吵醒你了？」

「沒關係。」

彰抱著我的肩膀，把我往他那邊拉。我靠在彰胸前，閉上眼睛。

明明應該非常非常疲倦，我卻全然沒有睡意。

腦中浮現今天所見的空襲景象。熊熊燃燒的火焰，燒毀崩壞的房屋，死亡的小女孩，數不清的屍體。

我張開眼。閉著眼睛太可怕。闔上眼睛，就會看見腦中不想看見的東西。

但即使睜著眼睛，也沒辦法從恐怖的事物當中逃開。在黑暗當中模模糊糊浮現的，緊緊擠在一起的人們。四處都是啊或是嗚嗚一類痛苦的呻吟。

「好痛，好痛……。」

「爸爸、媽媽……。」

「好痛苦……。」

「好燙、好痛，給我水……。」

「水、水……。」

可是，這裡沒有外傷藥，連給將死之人喝的一杯水都沒有。什麼都沒有。

呻吟聲彼此重合，蜷曲成團般的詭異，充斥整個空間。

我，不想再聽下去了。

我睜開眼睛凝視著黑暗，兩手摀住耳朵。

——是地獄。

這裡是地獄，我想。這不是地獄還能是什麼？

完全無罪的人被無差別的傷害、折磨、死去。是這樣的，地獄。

已經流不出眼淚了。我眼睛眨也不眨的、動都不動的繼續凝視著黑暗。

「……百合？」

彰喊我的名字。

但是我什麼都回答不出來。雖然知道他在喊我，可我發不出聲音，完全動不了。

「百合，妳沒事吧？」

「…………。」

「喂，百合。」

「…………。」

「百合！」

彰用力的喊，輕拍我的臉頰。我回過神看向彰，他一臉焦急的看著我。

「振作點，百合。」

「……彰。」

彰緊緊握住我的雙手。

這時候我才開始注意到，我的手大幅顫抖到不可置信的地步。肩膀和腳，也抖到發出喀搭喀搭的聲音。

「會冷嗎，百合。」

彰說著便脫下上衣，蓋在我身上。被彰的溫度和味道輕輕包圍，我的顫抖不可思議地一點一點平靜下來。

「……不是，不是冷……。」

我小聲回答。

「……我受夠了。受夠這些事情了。為什麼非得遇到這種事情呢？大家……每個人明明什麼都沒做……我受夠了、受夠了……我，已經，受夠這個世界了。好想回家……。」

我顫抖著說，彰緊緊地抱住我。

「再忍耐一下，百合。」

他用低沉且溫柔的聲音在我耳邊說。

「我們一定會讓戰爭結束。在稍微對日本有利的狀況下結束戰爭。這麼一來，和平的時代必定會到來，讓百合害怕的東西統統都會消失。為此，我不會吝惜自己的生命。」

──不是的，我並不希望彰說這些，不希望他做這些。

即使如此，彰的聲音太溫柔，我的喉嚨絞緊般疼痛，什麼都說不出口。

「我，會陪著妳的……。」

彰把我抱得更緊，在我耳邊小聲地說。

「我在……。」

被彰的溫暖包圍，我的淚腺一點一點放鬆，溫熱的淚水滑落臉頰。

彰為了讓我安心而輕撫我的背脊。無數次、無數次。因為很舒服，我緩緩閉上眼睛。

貼著彰的胸口，腦中恐怖的景象逐漸消失。

被彰的懷抱所包圍，我的耳中也聽不見痛苦的呻吟聲。

「百合，百合，睡吧……。」

被彰溫柔的聲音與溫暖的體溫包圍著，我終於進入夢鄉。

無論是什麼樣的夜晚，朝陽必定會升起。

縱使是宛如地獄般殘酷，如惡夢般悲慘的夜晚。

烈火燃燒的一夜過去，明亮美麗到不可思議的黎明終於到來。

窗外照進的陽光讓我張開眼睛，彰微笑著對我說「早安」。

「早安……彰。」

「起得來嗎？」

「嗯。」

我起身看看四周，因受傷所苦的人雖然很多，但消防團或軍方的救援物資，或是沒有受害之人的援助也開始進駐，氣氛比起昨夜要緩和。

「昨天半夜火也熄滅了的樣子，現在應該可以回鶴屋食堂，怎麼樣？」

「嗯，我要回去，我擔心鶴阿姨。」

一走出小學，彰跟我呆住，停下腳步。

「……這，是什麼？」

彰啞著嗓子低語。

「……好嚴重……。」

我說，不由得緊緊抓住彰的袖子。

城鎮上的景色大變。我所知道的城鎮，已經不在了。

可謂是夷為平地吧。目光所及，全是燒得焦黑的瓦礫山，四面八方都是連續不斷的燃燒痕跡。連應該看不見的遠方景色都看得見了。遙遠另一端街道上的建築物，在晨霧下朦朧不清。

我們沉默著，緩緩邁開步伐。

燒毀的屋舍。還留著幾具燒焦的屍體，居民把那些屍體放到燒焦的鐵皮屋頂上，用鐵絲串著拖動運走。到處都還有冒著煙的地方，這一帶充斥著燒焦的味道。

地獄還沒結束，我想。

鶴阿姨沒事吧？千代有沒有受傷？基地的隊員們是否平安無事？不安感膨脹，我無力低頭。

而後彰低語「百合」，輕輕牽住我的手，我的手就這樣被彰的掌心緊緊包裹。光是這樣，我顫抖的心就恢復冷靜。

彰的手有著不可思議的力量。

碰到這雙手，我的心就像是被保護在溫柔的繭中一樣安穩，冷靜下來。

之前兩人一起出門的時候是，昨天也是。

還有今天也是如此。

單是被彰觸碰，我混亂不安的心就會一下子平靜下來，像點了盞小小燭火般溫暖。

要是彰陪在我身邊，膽小又愛哭的我，心一定會變得更堅強。

所以，我們要一直在一起唷，彰。

……這樣的話，應該是不能說的。

我們手牽著手，走在通往鶴屋食堂的路上。

不幸中的大幸是，鶴屋食堂那一帶並沒有被火災波及，鶴阿姨的家也平安無事。

「百合！幸好妳沒事……！」

「鶴阿姨也是……。」

從店裡飛奔而出的鶴阿姨，緊緊抱住我。

之後，她看著我應該已經變得黑漆漆的臉，驚訝地說「被捲進火災裡了嗎？」。

「嗯，在途中有點……不過，彰有來救我，所以沒事。」

聽我這麼說，鶴阿姨數度對彰鞠躬道謝。

「真是謝謝你，佐久間先生。」

「不，這個……因為百合對我來說就像妹妹一樣。」

又是『妹妹』。我有點悶，鶴阿姨把手放在我肩上。

「很可怕吧，對不起……。」

「咦，為什麼鶴阿姨要道歉？」

「因為是我要妳出去辦事呀……。」

我慌忙搖頭說「才沒有這種事！」。

然後忽然驚覺，不知道什麼時候，裝了米的包袱不見了。

騙人。在哪？什麼時候？

彰來救我的時候，我還確確實實的拿著。被彰背著的時候應該解開過一次，好好的綁在身體上。但是，那之後呢？

在火海中移動的時候，我的目光被周圍恐怖的景象吸引，完全忘記了包袱的事情。就算試著去回想在小學時候發生了什麼，但在地獄般淒慘情況下的我混亂不已，完全想不起來自己手裡有沒有拿著包袱。

「……抱歉，鶴阿姨，米……。」

我用幾乎要哭出來的聲音向鶴阿姨道歉，自責得不得了。明明是用鶴阿姨十分愛惜的和服交換來的珍貴白米。

不過，鶴阿姨只是溫柔微笑著搖搖頭。

「妳說什麼呀。那種緊要關頭，米怎麼樣都無所謂。跟救百合一命相比，無所謂……。」

看見鶴阿姨顫著聲音說話，淚水滑落的樣子，我也不由得哭了出來。

「對不起，對不起鶴阿姨……。」

「要是百合有個萬一，我怎麼對得起妳的父母親啊……。」

我腦中浮現出應該在七十年後世界的母親的臉。

雖然老是吵架，雖然說我不是她的女兒，可我突然不見，她應該還是會擔心。

我大概回不了那個時代了吧？最近我滿腦子都是這個時代的事，努力活下去，想著要回家的時間越來越少。

可是，一想到媽媽，就忽然想念得不得了。不知道她現在怎麼樣了？

獨力生下我、養育我的媽媽。

為了我哭泣的鶴阿姨。

拚命救我的彰。

我的腦子一片混亂。

想要回到未來，還是要留在這裡，連我自己也不清楚。

星空的彼岸

因空襲而被燒毀的城鎮，悄悄地恢復了平靜。

距離那天已過了將近一週，但沒有足夠的物資，處在復興的夢想仍然是夢想的狀態。總之光是要過著沒人餓死的生活就竭盡全力。

我也時不時會夢見空襲，一邊被鮮紅火焰中死去人們的景象所魘，一邊勉勉強強過日子。

「……那個啊，剛好家人都不在，所以保住了一命。不過和服、家具、銀行存簿、祖先牌位，什麼都燒光了……。」

因為火災失去房屋的常客大叔到了店裡，帶著走投無路的表情和鶴阿姨聊天。鶴阿姨滿臉愁容的說「這該怎麼辦呀……」。

「算啦，難過也沒有用。總之，補發存摺不知道要花幾個月，也沒辦法立刻重建家園，連住的地方都沒有，所以要疏散到太太的娘家去了。」

「啊呀，這樣啊。會很寂寞的……。」

「是啊，也在這個城鎮住了幾十年。雖然捨不得，但也沒辦法……。」

大叔無力的笑著說。

明明受到這麼無理的遭遇，可一切都用一句『沒辦法』作結。明明是被迫接受，為什麼不憤怒呢？

這個時代的人，凡事總用一句『沒辦法』默默接受。即便是失去家園、重要的東西被燒光、家人的生命被奪走。

儘管有許多人在死去的家人面前流淚哀嘆，不過因這種亂七八糟的行為而憤怒的人卻是一個都沒見過。

真的，為什麼會這麼想？『沒辦法』算什麼？明明重要之人的生命被奪走了啊。

我怎麼都無法理解。

還有自願加入特攻隊的，彰他們的心情。

自己的生命非得『為了國家』而犧牲，不但用一句『沒辦法』就算了，甚至覺得這是值得誇耀的事。他們的心情，我實在不懂。

就在我呆呆的想著這些事時，來打最後一次招呼的常客大叔從座位上站了起來。

「百合也要保重。」

「是。那個……路上小心。」

「嗯，謝啦。」

我跟鶴阿姨並肩在店外，目送大叔揮著手離去的背影。

「……人漸漸少了呢。」

我看著變得一片蕭條的城鎮低語。鶴阿姨難過的苦笑點頭「對啊」。

「唉，這也是沒辦法的事。」

因為空襲失去家園的人幾乎都沒有重建的資金，所以移居到鄉下的親戚家。沒有軍事基地或武器工廠，居民也少的鄉村不容易成為空襲目標，逃到這類地方稱之為『疏散』。

我雖然想過既然如此大家都疏散就好了，但離開住習慣的地方，與這麼多朋友分離，搬到不知道有沒有工作可做的鄉下，一定會讓人十分猶豫。所以大家一邊與對空襲的不安感戰鬥，一邊繼續住在這裡。

然後，最終遭到空襲，運氣不好失去家園的人，一邊說著「哪一天一定會回來」，一邊不得不暫時移居到其他的地方。

大叔回去後我擦擦桌子，此時店門前有些騷動。今天是基地的訓練休息日，想著應該是彰他們來了，我飛奔而出。

「彰！歡迎光臨！」

我笑著迎接，彰和石丸先生同時摸摸我的頭。

「午安啊，百合。」

「百合妳只跟彰打招呼，太賊啦！」

石丸先生像孩子似的嘟起嘴巴，我不由得噗哧笑出聲。

「抱歉啊石丸先生，歡迎光臨。其他的大家也歡迎。」

「什麼嘛，我們是附帶的喔？」

「啊哈哈，不是啦。」

我們笑著走進店裡。彰他們五個人在平時的位子上落座。

我一邊幫鶴阿姨分菜到盤子裡，一邊瞟了瞟他們的樣子，立刻發現好像有哪裡不對勁。

彰他們還是一如往常的談笑，但和平常有某些不一樣。他們之間的氣氛，明顯的不同。

我的心臟激烈地砰砰跳，有種不好的預感。

石丸先生開著玩笑，板倉先生因被揶揄而一臉生氣，加藤先生解決紛爭，彰看著他們露出開朗的笑容，寺岡先生沉穩的守護著他們。

一如往常的景象。不過，有什麼決定性的不對勁。

在對話忽然中斷的時候，保持著微笑一直看著水杯的寺岡先生。

低頭不動的板倉先生。

望向天花板的加藤先生。

帶著一如往常的微笑，默默環視店內的彰。

看見這樣的他們，石丸先生又說了些玩笑話，大家一起回頭笑開。

眼前的景象，讓我的不安感迅速膨脹。

一定出了什麼事。可是，到底是什麼？難道……我不願去想。

我拚命裝著一臉平靜的樣子，一如往常的上菜。但……我的預感，中了。

吃完飯後，彰他們緩緩起身，在鶴阿姨和我面前直挺挺站好。

「——出擊命令下來了，三天後的十三點。」

聽見彰平靜說出的話的瞬間，我受到強烈的打擊。就像是被鈍器敲打頭部一樣的衝擊。

鶴阿姨站在全身僵硬的我身邊，小小聲的低語。

「恭喜你。」

並且深深鞠躬。

彰他們舉手敬禮，說「謝謝。」

……這在說什麼？出擊命令？三天後的十三點……要赴死吧？為什麼會說「恭喜」、「謝謝」呢？

低著頭的我，注意到自己的右手正在發抖，立刻用左手按住。可是，左手也同樣在發抖，什麼意義都沒有。

好想吐。我顫抖著用手掩嘴，一言不發地往店外飛奔而出。

「百合！」

我聽見彰的聲音就在身後，可我當做沒聽到，加速奔跑。

但是，很快就被追上了。

「百合，百合……！」

彰抓住我的手腕，用力拉回來。我揮開他的手，低頭用雙手遮住臉。

「……不、不要看。」

我知道我現在的表情一定很難看。

「抱歉，讓我一個人待一會，整理一下想法……。」

若是和彰在一起，非說出來不可的話，還有說了也沒用的話，似乎會不小心全說出來。

我不看彰的臉，反覆說著「讓我一個人待一會」。彰什麼話都沒說，輕輕地嘆了口氣。

「……我知道了，妳別跑太遠。」

彰的手摸摸我的頭。

我點點頭，仍然不讓彰看到我的臉，緩緩地走了出去。

我在附近的空地一角蹲下，抱膝而坐。

三天後的十三點。

三天後的十三點，出擊。三天後的現在，彰他們就已經……。

腦中各種感情瘋狂迴旋，完全沒辦法想出個道理。

確切的知道自己幾天後就要死了這種事，是異常的。我要用什麼表情面對身處在這種異常狀態中的人？

「恭喜」什麼的，我說不出口。

這個時代的人，若收到來自軍隊的召集令，大家都會給予祝福。為什麼啊？我無法理解。明明有可能會死在戰場上，為什麼要說「恭喜」呢？

連對決定要進行特攻的人也說「恭喜」？

……不行。就算是說謊也絕對說不出口。『為了國家去死，恭喜你』這種話，我說不出口。我打從心底想跟彰說的話是……。

我盯著地面、仰望天空、遠眺燒焦的城鎮，在那裡坐了很長一段時間。

腳下地面上的螞蟻排成一列往前走。在戰爭中的國家、被空襲燒光的城鎮裡，小小生物的行為依舊與和平的現代別無二致。

我呆呆的想著這些，忽然驚覺，不知道什麼時候，這附近已經開始被帶著青色的幽暗天色所覆蓋。

差不多該回去了，鶴阿姨應該很擔心。

就在我這麼想著而站起身的時候，另一端傳來慌忙奔跑的腳步聲。我立刻聽出那是彰的腳步聲。

反射性的抬起頭，彰急匆匆的左看右看，跑了過來。

「彰。」

我想也不想開口喊他，彰霍地一下轉向我。

「百合，妳在這裡啊！有沒有看見板倉!?」

沒看過這麼焦急的彰。好稀奇，我一邊想，一邊搖頭說「沒看見」。

「這樣呀……。」

彰低語，再度看著周圍。

「板倉先生怎麼了？」

我好奇一問，彰一瞬間困擾似的抓抓頭髮，然後壓低聲音回答。

「……板倉他，不見了。到處都找不到他，也沒有留下隻字片語……。」

「欸……騙人，為什麼？」

「我不知道。」

彰緊皺著眉，微微搖頭。

「我也來找。」

聽到我堅定的語氣，彰驚訝地睜大眼睛。

「欸？時間已經很晚了，很危險的！」

「但是……得早點找到他不是嗎？」

「這個，算了……是想在長官知道前把他找出來……。」

「那，我們得快點。我去那邊找找，彰你找這邊。」

我連彰的回答都沒聽，就跑了出去。

「——板倉先生！」

大概是在找他找了三十分鐘左右的時候。

我在市郊路上看到他步履蹣跚的背影，便從後面喊他。

板倉先生緩緩回頭，注意到我之後，忽然像回過神來似的拔腿就跑。不過我很快就追上他了。

板倉先生的腳步不太穩。

「板倉先生……你沒事吧？」

板倉先生的臉色非常不好，我擔心地問。

「……百、合。」

板倉先生的面部表情扭曲。

「……放過我吧！」

板倉先生突然大喊，在路中央下跪道歉。

「求妳了，拜託，請放過我！我……不想去……。」

「欸……？」

對著呆住的我，板倉先生發青的臉上浮了一層油汗，拚命的拜託。

「……我不想死……。」

不想死。

聽到這句話的瞬間，我有種至今籠罩在心上的陰霾，一口氣放晴的感覺。

是的，是這樣的。果然，是這樣的。

不想死。這是理所當然的。無論是誰，都不想死啊。

拚命在空襲中逃過一劫的居民們也好，特攻隊的隊員們也好，都是一樣的。因為，是人啊。應該不會有不顧本人意願被奪走性命也無所謂的人。

我以膝觸地，在板倉先生面前蹲下。板倉先生抓地的拳頭，喀啦喀啦地微微顫抖。

「……無所謂，我並不是為了追捕你而來的。我並沒有立場說放過你或是不放過你，只是因為板倉先生突然不見了，擔心你才出來找的。」

聽我這麼低語，板倉先生呆呆地抬起頭。

放空的眼睛，一點一點開始有了焦點。從板倉先生額角流下的汗水，啪搭一下落在地面上。

「……妳、妳要放過我嗎？」

就像是撞見幽靈一樣，板倉先生一臉不可置信的表情說。

我說的話，應該不是這麼驚人的事。只不過是我認為收到『三天後去死』這種不合理命令的人，希望『不想死』，是理所當然的而已。

即使如此，板倉先生卻以為自己聽錯了我的話。

悲哀至極。

明明任何人都有照自己的意志活下去的權利。

明明任何人都有希望自己活著的權利。

可在這個時代，這麼理所當然的權利卻不被認可。

我站起來，拉起板倉先生的手。就在板倉先生搖搖晃晃坐起來的時候。

「——板倉！」

彰從另外一頭跑過來。注意到這一點的瞬間，板倉先生的臉唰一下發白，透露出『被發現了』的絕望感。

站在彎腰駝背的板倉先生眼前的，是挺直背脊的彰。

我不由得偷瞄彰的臉色。彰的表情和眼神都非常平靜，什麼感情都捕捉不到。

儘管我覺得應該不至於。

但彰會不會就這樣硬是把板倉先生強制帶回去的不安感席捲而來。雖然我覺得他並不是這麼無情的人，可是，軍隊一定不會允許有人逃走吧？一定會教導他們，若夥伴逃亡，帶他們回來是軍人的職責。

比別人更有責任感與使命感的彰，說不定會覺得把板倉先生帶回去是自己的義務。

「彰……那個。」

我不由得開口出聲。彰朝我瞥了一眼，靜靜的搖搖頭。

是要我什麼都不要說的意思？閉上嘴？我悔恨地咬住嘴唇。

而後彰微微收窄眼睛，好像露出淺淺的笑容。在我覺得「欸？」的時候，彰已經再度轉回板倉先生的方向。

「板倉。」

「……佐、佐久間先生……。」

用乾啞聲音低語的板倉先生，突然撲抱住彰。彰唰一下伸出雙手，撐住板倉搖搖晃晃的身體。

「佐久間先生，佐久間先生！拜託……請你放過我！」

板倉先生用快要哭出來的表情大喊。

「我、我……還不想死！我還有沒做完的事！」

當聽到板倉先生喊叫的瞬間，我忽然想起。

板倉先生，十七歲。放到現代來說，是高中二年級的學生，跟我只差了三歲。

只有十七歲，高二生，接到這種『為了國家為了國民而死』的絕對命令，應該不會『好，我知道了』的接受。有未完成的事情也是理所當然。

因為，他才活了十七年啊。人生一半的一半都還沒活到。

——特攻什麼的，果然沒有道理。怎麼想都覺得奇怪。

在我受不了怒意上湧的時候，板倉先生繼續說。

「佐久間先生，我……想回故鄉。我有留在故鄉的未婚妻。」

彰有點驚訝。板倉先生撲在彰的胸前，低著頭開始說。

「……她是我的兒時玩伴，家人都死在空襲當中……她雖然撿回了一命，腳卻受了嚴重的傷，醫生說她一輩子都不能正常走路了。這樣的身體也沒辦法結婚……但是，對我而言都無所謂，不管是什麼樣的身體，只要能跟她結婚就好，於是便向她求了婚。她喜極而泣……但就在這個時候，紅紙來了。」

板倉先生愁眉苦臉，然後深呼吸一口氣，繼續說下去。

「我跟她說，請相信我一定會活著回來，等我。被單獨留下來的她滿臉的不安，不過還是說她相信我。出征那天，她拄著拐杖，用她不良於行的腳拚命走，到車站來送我。看到她無依無靠的模樣，我對自己發誓，無論怎麼樣我都要活下來。」

彰果然什麼都沒說，只是用平靜的眼神一直看著板倉先生的眼睛。

「……我後悔報名參加特攻了。」

板倉先生清楚的說。

後悔這個字眼，重重地壓在我心上。

「我絕對不想去什麼特攻，我不想死。但是周圍的夥伴們都舉起手了……只有我沒舉手，長官用可怕的眼神瞪著我。要是沒報名會遭到什麼待遇呢？我一想就害怕……就舉起了手。」

板倉先生痛苦的低吼。

「……我痛恨自己的軟弱。為什麼那個時候，我選擇了隨波逐流，沒有拒絕呢？後悔到想吐。也曾想過都那樣了沒辦法放棄吧，但……但是我……。」

板倉先生澄澈的眼睛，帶著驚人的力量抬頭看著彰。

「我不能死，為了她。她只有我了，如果我沒辦法活著回去，她拖著因為戰爭而不良於行的身體，在這麼苦的亂世，絕對沒有辦法獨自一人活下去。所以我非得……我非得回去不可。」

板倉先生毅然決然的表情，打動了我。

為了某個人活下去的堅定決心。

板倉先生不是『不想死』，而是『想活著』。

為了所愛的人，非得活下去不可。

板倉先生決定，不管自己會受到什麼指責、被辱罵、被輕視，也要為了所愛的人活下去。

我覺得這沒有錯，是非常珍貴的。

我抬頭看彰的臉。原本面無表情的彰，臉色緩緩地放鬆下來。

然後，平靜的低語。

「……走吧，板倉。」

板倉先生一臉呆楞楞地聽彰說的話。

「咦……佐久間先生……？」

「走吧。你活下去吧。」

彰用不容置喙的堅定語氣開口，於板倉先生的背後推了一把。

在板倉先生還一臉不可置信的回頭看時，彰緩緩露出微笑。

「我會打下兩人份的戰果，連你的份一起。所以你……去守護你該守護的人吧。你就活著守護他們吧。」

一瞬間，板倉先生流下了眼淚，他轉向彰，深深鞠躬。

「謝謝，謝謝……！」

說了好幾次。

彰依然帶著微笑，說「好了，快點走」。

我看著這一切，心裡反覆思考彰說的『活著守護』。

你，活著守護他們。

『你』，活著守護。

因為『我』……以死守護。

——總覺得彰的話裡隱含著這樣的意思。

讓我難過、心疼到無法忍受。

若是死了，就誰也保護不了喔。以死守護，是錯誤的喔。

吶，彰，快發現吧……不可以死，不要死啊。

這個時候，從另外一邊傳來好幾個人的腳步聲。一看，石丸先生領在前頭，後面寺岡先生和加藤先生一起跑過來。彰的同袍集合了起來。

「板倉，你……。」

加藤先生一臉嫌惡的低吼。

「你……要逃走嗎？」

加藤先生的低沉聲音，讓板倉先生一瞬間閉起了眼，但他立刻抬起頭，直直地回望加藤先生。

「對，我要逃。」

乾脆俐落的回答。

加藤先生勃然大怒，大喊「你！」，抓住板倉先生的前襟。

「你不覺得可恥嗎！」

板倉先生的臉痛苦的扭曲。加藤先生步步進逼。

「為了國家，為了天皇陛下，我們可是被賦予了崇高的職務啊！還有什麼比這個更光榮的事!?陣前逃亡，不是帝國軍人、也不是日本男兒會做的事！」

這話講得非常直接。加藤先生是真心這麼想的嗎？

如今已經聽過板倉先生藏在心中『想活下去』的想法，我開始懷疑，加藤先生說為國捐軀是『崇高』、『光榮』的事，真的是真心實意的嗎？

被加藤先生銳利視線盯著的板倉先生頓了半晌，而後倏地露出苦笑。

「……國家？帝國軍人？到底是什麼啊，那些。」

即便是壓得低低的呢喃，我還是聽得清清楚楚。

「崇高的職務？光榮？為了國家而死，嗎？」

板倉先生自嘲似地繼續說。

「是誰發動戰爭的？為什麼要發動這種戰爭呢？我想回故鄉……然後，想和我所愛的人，一起活到生命的盡頭。我很懊悔啊，為什麼我們非死不可？」

板倉先生的聲音裡滲進怒意。

「在這個遠離故鄉的地方白白死去……我們到底在做什麼？為什麼不能活著呢！」

板倉先生悲痛的呼喊，迴盪在黃昏時分的幽暗中。

寺岡先生和石丸先生緊皺著眉低下頭，彰則是一臉漠然的看著板倉先生。

加藤先生對板倉先生怒目而視。

「……所愛的人？女人嗎？」

板倉先生沉默回望。知道答案是肯定的之後，加藤先生的怒氣勃發。

「你這傢伙，是被女人迷惑，打算陣前逃亡嗎？真是丟臉至極……苟且偷生！這還是日本男兒嗎!?你的大和魂忘在哪裡了!?」

加藤先生氣極大罵，像是要揍板倉先生那樣用力揪著他。寺岡先生立刻阻止了加藤先生的動作。

「夠了，加藤。」

明明低沉而小聲，卻驚人清亮的嗓音。加藤先生霍一下轉回頭。

寺岡先生沒有再說什麼，靜靜的搖頭。加藤先生緩緩鬆開板倉先生。

充斥著尷尬的沉默。

「……苟且偷生，是什麼？」

我幾乎是無意識的低語。

「苟且偷生，是什麼？活著可恥的意思？」

大家的目光一同朝我投射過來。我一度咬唇，而後再次開口。

「不該是這樣的……這太奇怪了，想要活下去，並不是丟臉的事！」

一度說出口的話，已經沒辦法用自己的力量阻止了。

「不要說苟且偷生這種話！任何人都沒有否定想活下去的人的權利！任何人都沒有阻止別人活下去的權利！」

加藤先生驚訝的睜大了眼睛。然後，雖然想開口說什麼，但被我打斷。我還有非說不可的話。

「板倉先生想活下去。難道不可以為了所愛的人活下去嗎？」

我的眼淚滴滴滾落。

「誰都沒有阻止板倉先生的權利。拜託了，什麼都不要說，讓板倉先生走吧……。」

眼前一片發皺扭曲，已經誰的臉都看不清了。

「百合……。」

聽見板倉先生的聲音。我朝著聲音的來處，拚命地說。

「板倉先生，請早點回去吧，我想你的未婚妻，一定是一直很害怕不安的。因為，她不是失去了家人嗎？是獨自一人，在害怕空襲的情況下生活吧？這真是太悲哀了……很寂寞的。板倉先生，你得陪在她身邊。」

想到板倉先生未婚妻的心情，我便坐立不安起來。在這麼可怕的世間，獨自一人生活，換成我絕對沒辦法承受。

我真的也想對其他的人這麼說。

寺岡先生，你有美麗的太太與可愛的孩子對不對？回去吧，親手抱抱你的女兒吧。

加藤先生，你的學生一定在等待著你這位雖然熱血又熱心過頭，卻會為學生著想的溫柔老師回家，比起捨命守護孩子，請教他們生命的重要性。

石丸先生，你的家人一定想再見到你開朗愉快的笑容。

還有，彰……請讓你視若珍寶的妹妹再見你一面。所謂另一個妹妹，對你……。

我心裡有許許多多說不出口的話，滿溢的想法化成淚水落下。

這時，我的身體忽然被暖暖的東西包圍。

「……百合，不要哭了。」

彰的聲音在我耳畔響起。被彰舒服的暖意包圍，我嗚咽出聲。

彰幾次摸摸我的頭，就這樣抱著我，低聲喊「板倉」。

「趕快，走吧。回等待著你的人那裡，回不能沒有你的人所在的地方。我不會阻止你。」

這次加藤先生也什麼都沒說，寺岡先生和石丸先生也看著板倉先生，輕輕點頭。

板倉先生熱淚盈眶，臉皺成一團。

「對不起，對不起……請原諒我。」

寺岡先生砰砰地拍了拍幾次低頭道歉的板倉先生肩膀，彰露出微笑，用輕柔的聲音低語。

「走吧，板倉，走吧……連我們的份一起活下去。」

板倉先生跑遠，發出壓抑不住的嗚咽聲與止不住的淚水。彰他們只是頂著背後的夕陽，沉默地目送板倉先生的背影。

青色的影子，在地面拉得長長的。

等到板倉先生的身影消失後，寺岡先生他們返回基地。

只有彰留下來，說要送我回鶴屋食堂。

不知道什麼時候，整個城鎮已經整個暗下來了。我和彰並肩而行，開口。

「……吶，彰。」

「嗯？」

我停下腳步，抬頭看彰。

「……我想要，去那座山丘。」

「那座山丘，是指開了百合花的那座？」

「嗯……我有些話想說。」

彰點點頭，說「因為天色很暗，腳下危險」，牽住我的手往前走。

好溫暖的手。我覺得自己的心臟砰砰砰跳得好快。

「百合？怎麼了？」

彰轉頭。在幽暗天色中浮現的，彰的臉，溫柔的眼神看著我。

心跳加速。我想起剛剛彰抱著我的暖意，還有空襲那天，我因太害怕而睡不著時，他抱著我，輕撫我的背脊直到我睡著。

雖然心裡想著這些，嘴上還是回答「沒什麼」，邁開腳步。

隨著接近山丘頂端，百合花的甜蜜香氣瀰漫。從山丘上往下看鎮上，我小聲地說「哇……好暗」。

城鎮湮沒在黑暗中，完全看不出哪裡有人家。

「因為有燈火管制，不管哪裡的屋子都不能點燈。」

彰站在我身邊，一邊往下看一邊回答我。

才剛碰到空襲被燒過一輪又一絲光亮都沒有的城鎮恢復平靜，就像是廢墟一樣。我邊覺得這實在太悲傷了，邊看著城鎮好一會。

這時候，眼前忽然一片黑。

「咦……等、等一下。」

發現是彰從我身後伸手蓋住我的眼睛，我滿是疑惑的扭過身。

而後彰就這樣雙手遮著我的眼睛，緩緩抬起我的頭，臉朝上方。

「你在做什麼，彰……。」

就在我一邊覺得自己心裡砰砰跳得好快，一邊帶著點怒意出聲時，彰噗哧一笑。

「百合，妳看。」

彰帶著笑的聲音說，一下鬆開了手。

這個瞬間。

「……嗚哇……！」

我不由得驚呼。

「這什麼，好厲害……。」

頭上是一路延伸的滿天星空。

深藍色天空中，盡是密密麻麻沒有空隙的，星星、星星、星星。

從碎石大小朝四面八方放出閃爍光亮的星星，到細如砂粒的小星星，無數的星星閃耀著。

和我所知道的夜空、星星的亮度與數量，都壓倒性的不同。

「好厲害，竟然能看見這麼多的星星……。」

我呆呆地抬頭看著天空低語後，彰回答。

「因為燈火管制所以城鎮上沒有亮光，而且這座山丘上的視野很好。我一直想帶妳來看看。」

就在聽見這麼溫柔的聲音，看見這麼柔和微笑的瞬間。

——啊啊，喜歡，我想。突然這麼想。

我喜歡彰。喜歡他。

這是我至今不願去多想的事情，不過，已經沒辦法裝糊塗了。

我總是想著很多關於彰的事情，腦中總是彰的事情，忘不了他溫柔擁抱著我時手臂的觸感與溫暖。

我喜歡彰。喜歡得不得了。

但是，我一直想著不能喜歡上他。

因為彰是特攻隊員，過不了多久，就必定會死去。我在心裡某處一直這麼告訴自己，所以不能喜歡上他，喜歡上他也不會有所回報。

可是——不行了。我的心已經被彰奪走了。

不能喜歡上他、即使喜歡也沒有用的這些盤算，並不適用於自顧自膨脹起來的想望。

我在草地上躺下，彰也同樣仰躺下來。

一邊仰望星空，我一邊低聲開口「吶，彰」。彰「嗯？」的回應我。

我好喜歡這個聲音。柔軟又有包覆感的沉穩聲音。聽到這個聲音，無論是什麼事，不管到什麼時候，都想說下去。

「吶，彰。」

「嗯？」

「……不要走。」

我明明不打算直接把這些話說出來的，從喉間擠出來的聲音，可憐兮兮的沙啞發抖。

彰雙眼圓睜，坐了起來，「欸？」的反問我。

我再一次。

「不要走。」

如是說。

「哪裡都別去，一直留在這裡。特攻什麼的，住手吧……。」

彰睜大的眼睛，像星星一樣明亮。我坐起身，輕輕抱住彰。

「吶，彰，不要走，不要死……我討厭彰消失。」

說這些話會造成彰的困擾。我雖然知道，卻停不下來。

我拚命抓住彰，懇切地說。

「彰，彰……吶，我對彰而言就像是妹妹對不對？既然如此，你還要丟下我嗎？吶，為什麼？不要啊……不要走……。」

我含淚抬頭望向彰，彰一臉痛苦，表情扭曲。

我第一次見到他這種表情。總是一臉穩重的彰，因苦惱而扭曲的臉。

是我的錯嗎？是我讓彰這麼痛苦嗎？

在我不由得噤聲的時候，彰的手臂環住我的背。被他輕輕的包覆著，我無可救藥的心痛起來。

就連像現在這樣能被彰擁抱，也只剩三天。不，已經，只剩下兩天了。

我眼前的這個人，三天後的現在，就不在世上了。必定會死去。我無法相信，不能接受。

我說不出口，『為了國家，這也是沒辦法的事』什麼的。重要的人為國死去是沒辦法的事這種話，我說不出口，絕對。

我不知道該找誰發洩，沒有目標的憤怒，支配了我的心。

我緊緊抱住彰，指尖用力得幾乎要在他背後抓出痕跡。

「吶，彰，逃走吧。和我一起，逃走吧……！」

彰緩緩眨眼，直直看著我。就像在杳無人煙的森林深處中之湖泊般，平靜的雙眼。

「……百合。」

彰搖搖頭。

「——這個，做不到。我，做不到……。」

瞬間變得絕望的心情。

彰的眼神坦誠，相當堅定，因為他的想法絕對不會改變。

我的淚水滴滴滑落。自從來到這個時代，我到底哭了幾次呢？因為傷心欲絕的現實無數次流淚，但卻什麼都沒能改變。

彰一邊摸摸我的頭一邊平靜地說。

「我，是為了守護家人、朋友……重要的人而出征的。我必須出征。這樣下去，日本會大敗。」

我聽著這些話，異常空虛而悲傷。

「……為什麼是彰？」

我的低語聲被彰的襯衫吸進去。但話裡的意思應該沒有送到彰胸中吧，我想。

即使如此，我也一定要說。

「為什麼彰一定得去？為什麼彰一定要死？這太奇怪了啊……。」

彰沉默的聽。

用一定的節奏摸著我頭的手，舒服得讓人感傷。

「……再怎麼重要的人，為了守護他們……若彰為此而死，就沒有意義了。」

「……的確，沒有非得是我不可的理由。」

彰的聲音，與星光一起落下。

「不過，我……我自己出征，比起送其他的人出征要開心百倍、千倍。」

——為什麼，這麼的講不通呢？

明明說的應該是同一種語言，但為什麼彰和我，卻沒辦法傳達彼此的想法、互相理解認同呢？

我完全無法理解彰的想法。為什麼你這麼深信不疑的、赴死出征呢？

相同的，彰也完全沒辦法理解我的心情吧。我無論如何都不想失去彰，希望他一直活下去的心情。

我是任性且自我中心的人，所以覺得『其他誰死掉都無所謂，我只希望彰不要死』。但彰則是認為『與其看到他人死去，自己赴死比較好』。

無論如何都無法互相理解。

「反正都會輸的……日本。」

我帶著絕望的心情，微弱的低語。

「彰你們進行突擊，不管擊沉多少敵艦，那些對美國來說都算不上是多大的傷害。反正日本都要完蛋了，所以，快住手……。」

彰靜靜地聽著我無力的話語，然後。

「……或許吧。」

小聲的說出一句。

我一臉驚訝的抬起頭。莫非我想說的話傳達給彰了？

「的確日本可能會戰敗。」

彰一邊用直率的眼神抬頭望著星空一邊說。

「但是……即使可能會輸，我都必須出征。如果什麼都不做，日本一定會戰敗。但是，若我們上戰場能多擊落一架飛機、一艘軍艦，說不定會有萬分之一的機會勝利也未可知……所以，要纏鬥到最後。」

彰神清氣爽的說。

「就算是沒有任何勝算，到最後的最後也都不能放棄。因為放棄的瞬間，日本就必定結束了。因此我們賭上萬分之一的機會上戰場，特攻是日本留下的最後堡壘了。」

果然還是不行，我失望的想。再怎麼費盡唇舌，彰還是不了解。

彰說的話，似乎相當正確。

『放棄的話，就在這裡結束了』。

就像是漫畫中的名言。

但是，這裡不是漫畫的世界，是現實。而且是戰時，攸關許多人的性命，並不是能簡單的說『放棄』啊、『結束』啊這樣的話。

——放棄也無妨喔，彰。

不捨棄自己的性命也沒關係喔。

沒有人能責備放棄特攻的人。若有人責備，是那個人的錯。就算彰放棄特攻行動，日本也不會終結，即使輸掉戰爭，日本也不會終結。

吶，彰。

真的要去嗎？真的要赴死嗎？

不要，不要，不要啊……彰。

但是，我的心情沒有辦法好好的化成言語，我只能反覆的說「不要去」。

彰只是靜靜地抱著我，沒有說「我不去」。

「……抱歉，百合，妳想聽的話，我沒辦法說給妳聽。」

「……。」

「當做代替，可不可以讓我送妳一個禮物？」

「欸？」

我抬頭看，彰微笑著說。

「眼睛閉起來。」

我聽彰的話，緩緩閉上眼。

我感覺到彰的手輕輕地把我的瀏海往上撥，我的額頭暴露在夏天的夜風中，涼颼颼的，覺得有些不安心。

就在我想喊彰的時候，有個柔軟的東西觸碰我的額頭。

我嚇了一跳，反射性的睜開眼。

彰的臉近到能碰到睫毛。我發現額頭被親了一下。

我垂下眼簾，彰用他宛如春天穿過枝椏落下的陽光般溫暖的聲音，低語著「百合」。

這樣溫柔的人。

這樣殘酷的人。

明明要丟下我離開，卻笑得這麼溫柔。

太殘忍了，彰……。

於美得過頭的星空下，在百合花濃厚的甜美香氣包圍中，我一直、一直哭個不停。

於空中散落之花

第二天早上，千代到店裡來了。

「石丸先生他們要出擊了啊。」

雖然千代笑著這麼說，但我注意到她眼底複雜的神色。

「嗯……後天的十三點半。」

我小小聲的回答後，千代點點頭。

我們並肩坐在店前，平靜的說話。千代告訴我她和石丸先生相遇的種種。

「我讀的女校，因為勤勞奉仕（註）的關係去照顧特攻隊。到基地的軍營裡幫隊員洗衣，補襪子這類該縫補的衣物，幫忙準備食物等等。」

「好辛苦喔。」

「嗯，但是，很有趣唷。吃完飯之後，大家會圍成一圈天南地北的聊天。」

「這樣呀。」

「不過一開始跟隊員講話時都會覺得非常害羞，我們都很緊張。然後，石丸先生應該是想要緩解我們的緊張吧？就跳故鄉的盆舞給我們看。不但嚴重走音，動作也十分搞笑，大家都不由

（註）勤勞奉仕：為國家義務奉公、無償勞動。

得笑了。」

光是想像那時候的模樣，我也不自覺地露出笑容。

「因此我們害羞的心情也飛到九霄雲外，很快就跟隊員們打成一片聊起天來。那時覺得很感動，啊啊，這麼照顧我們的心情，真的是相當了不起的人。」

原來是因為這樣喜歡上石丸先生的呀，我懂了。

石丸先生個性真的十分開朗，臉上總是帶著笑容。在鶴屋食堂吃飯的時候，也經常觀察周圍的氣氛，總會開些玩笑讓大家笑。

但是，這樣的石丸先生，後天也……想到就想哭。

我低頭忍住淚水，千代瞟了瞟我。

「一起去送他出擊吧。」

她說。

「特攻隊的成員，因為上級的命令，連家人都不知道他們出擊的日子。儘管不能代替他們的家人，但我們至少得去送個行。」

對千代的話，我不加思索的搖頭。

「抱歉……不行，我沒辦法去。」

對於我的回答，千代驚訝的睜大眼睛。

「欸……為什麼？妳有什麼事情嗎？」

「不是的……可是，我沒辦法去。因為，要是我去送行的話……。」

我絕對會一邊哭鬧著一邊抓住彰不放，一定會讓他為難的。我沉默的低下頭。

千代沒有說什麼，大概是曉得我的心情吧。最後，千代沒有繼續聊送行的話題，說了句「那，下回見」就回去了。

理所當然的「下回見」。即使是這個時代，人們也對未來會來臨一事深信不疑。不，不是吧。可能即便是嘴上說說也想相信，若不這麼做就沒有辦法活下去。即使如此，彰他們已經連「下回見」都沒辦法說了。

抱持著赴死的心理準備活著，是什麼心情？我完全無法理解，也不想理解。

抬眼一看，夏天的景色開展。穿透似的鮮亮晴空，一層一層漸次膨脹的積雲，在明亮陽光下閃閃發亮的美麗綠植，唧唧鳴叫的蟬聲。

身處現代時，過強的陽光也好、蟬鳴聲也好，我都討厭得不得了。可是現在，卻覺得這是今天一天平安無事開始的證明，是幸福與安心的象徵。

「真的，天氣真好……。」

我的低語，被空蕩蕩的天空吸了進去。

這一天，我完全沒辦法好好工作。

儘是呆呆的想著彰的事情，給鶴阿姨帶來了許多困擾。

不過鶴阿姨並沒有說什麼，只是摸摸我的頭。她眼中浮現出的悲傷神色，我想一定跟我一樣。

店打烊後，我抱膝坐在屋裡一角，在沒點燈的漆黑房間裡呆呆的想。

有什麼辦法，讓彰不要去？

有什麼辦法，能動搖彰的決心？

我左思右想，想不出個答案。話說回來，如果彰不主動到食堂來，我也根本見不著他。

在愈發嚴重的焦慮感中，我最後什麼行動都沒有，就這樣一夜無眠到天亮。

翌日，出擊前一天。

傍晚，彰隊伍中的大家來到店裡。除了常來的寺岡先生和加藤先生外還有別人，總共來了十位。

「配給到了酒，所以想請鶴阿姨幫我們做好吃的下酒菜。」

石丸先生微笑著說。

鶴阿姨開朗笑著說「當然，我來做」，迅速走進廚房。我從餐具櫃拿出人數分量的陶瓷酒杯，送到座位上。

一下子跟抬起頭的彰對上視線，我不由得別開眼，因為我不知道該做出什麼表情才好。

「百合，謝謝。」

石丸先生燦爛的笑了，把盆子裡裝的酒杯分給大家。

石丸先生應該不知道，千代喜歡他這件事。他就這樣在什麼都不曉得的情況下，明天便要飛出去了。

我把鶴阿姨快手快腳做好的料理一一送到餐桌。隊員們大口吃飯，喝酒，紅著一張臉，大聲的說笑。過了小半晌，大家搭著肩膀開始合唱軍歌。

「石丸你還真是一如往常是個音痴，帶著連我都走音了。」

一個人這麼說，石丸先生說。

「那是因為你也是個音痴吧。」

用手指戳戳對方的頭。大家一起大笑出聲。

大家以非常開朗、愉快、和樂的氛圍享受酒會。開心到讓人無法相信，明天的這個時候，大家就不在這個世界上了。

我越待越覺得難受，只好回到鶴阿姨在的廚房。

「……為什麼，大家能像現在這樣笑出來呢？」

我小聲的說出一句，。正在調節灶裡火力的鶴阿姨抬起頭看我。

「是啊。明明是明天就要一起與敵艦共死的人，是何等的開朗啊……。」

鶴阿姨看向食堂的方向，平靜的說。

「因為大家都是要前往極樂世界的人吧。」

「……極樂世界？」

聽我反問，鶴阿姨點點頭。

「他們用自己的性命保護國家，所以是尊貴的、活著的神明。他們呀，全力衝撞之後，就能前往極樂世界。」

所謂極樂世界，是指天國吧？因特攻而死的人，可以前往天國？

這什麼鬼？我的怒氣蒸騰上湧。

這個時代的人，是用這種說法來美化特攻的？執行特攻能去極樂世界，所以乾脆用肉體直面衝撞敵人去死的意思？

像白痴一樣。大家真的信嗎？因為能去極樂世界，所以死了也沒關係？

不應該是這樣的。不應該因為這種事情，讓這麼年輕的人赴死。因為死了之後可以去天國是什麼鬼話？一定是活著比較好。

不遠處傳來了隊員們的歌聲。

是一首叫做『同期之櫻』的歌，自從來到這個時代之後我聽過相當多次。這什麼歌啊？這什麼歌詞啊？光聽就怒氣上湧。

所謂散落，是在抱持著赴死的心理準備下，為了國家而美麗的散落。是這種內容的歌詞。政府居然用這種歌洗腦軍人。

靖國神社這個詞也有出現。我多少聽過名字，的確是祭祀戰死者的神社，在現代的電視新聞中看見過好幾次。每當總理大臣或政府要員參拜神社時，總會引起外國一陣撻伐。

這首歌寫因特攻而死的話，會成為那座神社的櫻花，會在那裡再見。

真的，像白痴一樣。

要是死了，就再也見不到面了啊……。

接著傳來『從空中轟沉』這首歌。從空中用飛機衝撞敵艦，使之沉沒的意思。

說若是敵軍的航空母艦沒有沉沒的話，就不是日本男兒。莫名其妙。不做這種事，你們也不會留下汙名。

這些人被國家用這種謊言洗腦，對不進行特攻行動就會背負罵名這點深信不疑。

我氣到不行，難過到不行，覺得什麼都說不出口的自己可憐得要命，悔恨得不得了。不想聽這麼悲傷的歌曲。

我想塞住耳朵不聽。但是，這時候鶴阿姨遞給我裝著煮地瓜的大盤子，我勉強送到大家的座位上。

彰正在笑。大概是喝了酒，笑聲比平常要大些。

吶，為什麼你還笑得出來？明明知道自己明天就會死。

我不去看彰，把盤子放在餐桌中央。

「謝謝，百合。」

「哎呀，給百合服務，有種鶴阿姨的餐點更好吃的感覺啊。」

這樣的玩笑話雖然讓我硬是擠出一個笑，但總覺得自己八成笑得相當難看。

這時候，有一位隊員搖搖晃晃的站了起來。好像是姓野口的先生。

「我稍微去呼吸一下外面的空氣。」

他跟鄰座的人打了個招呼，就搖搖晃晃的從店門口走出去了。

因為他去了好一陣子都沒有回來，擔心他是不是不太舒服，我便拿著裝了水的水杯到外面去。野口先生坐在有點距離的地方，抱著膝蓋。

我走了過去，不由得屏住呼吸。野口先生，在哭。

「……野口先生，還好嗎？怎麼了，不舒服嗎……？」

我輕輕在他旁邊坐下，出聲搭話，野口先生緩緩抬起頭。他的臉頰被眼淚打溼。

我馬上想到他大概是怕死吧？不想出擊，不想死。應該是這樣的念頭，讓他流淚哭泣。

我覺得這是非常理所當然的事情。有這種正常人存在，我才能放下心來。

但是，野口先生的回答卻與我的期待相悖。

「好高興……。」

顫抖著聲音，野口先生反覆說著「好高興、好高興」。

「我啊，好高興喔，百合。好高興，高興得不得了。一想到終於可以出擊了，喜悅的感覺就不斷湧上來……雖然剛剛大家在唱歌，但我卻因為壓抑不住自己的感動，已經哭到沒辦法唱了。」

我啞口無言地聽著野口先生說。

「我啊，是個該死但沒死的人。本應該在一個月前就在南邊海上散落的生命。然而……我明明跟夥伴一起出擊了，卻只有我的飛機因引擎故障而無法飛行，不甘心的掉頭。回到軍營，我悔恨得咬牙，每天晚上都睡不著……。」

……悔恨？沒有死成，覺得悔恨？

這什麼鬼？我想大喊。為什麼撿回一條命會感到悔恨？

這時代的戰鬥機當然不像之後那樣穩定，引擎故障這種事情多得很。收到出擊命令的特攻飛機在出發前故障不能飛、飛了立刻因狀況不佳而返航的情況並不稀奇。也有承載的特攻用炸彈在途中就不小心掉落，不得不掉頭的情況。

「知道沒法繼續飛的時候，我用無線電向夥伴們報告。隊長只是用開朗的聲音說：『我們先去那個世界等你，你也要隨後跟上』，就這樣消失在南方的天空。我只能遺憾地目送他們的飛機離去……現在回想起來，也還是悔恨得不得了。只有我一個活著回來，實在太丟臉了。之後，我數次向長官要求『請讓我出擊』，還寫信向軍部高層請願，這次命令終於下來了，我好高興……。」

野口先生如是說，手握成拳，擦乾眼淚。

我搖晃起身，放下嚎啕大哭的野口先生回到店裡。在裡頭，加藤先生正站在店中央，大聲的發表演說。

「我們明天終於要出擊了。明天的現在，我們就會化身為鬼神突擊，與可恨的敵艦一起粉碎……戰局越來越緊迫，我們若是不出征，日本就敗了。我們要用自己的身體去拯救處在危急存亡關頭的帝國，去拯救我們的祖國。身為精銳皇軍的一員，得到男人千載難逢殞命之所的喜悅……要怎麼說呢？我們正是散落得有價值的新生櫻花。如櫻花般高潔、英武、接著美麗的散落吧！然後，成為靖國神社的櫻花，再次一起綻放！我們沒有死，我們為悠久的大義而生！天皇陛下萬歲！」

大家朝加藤先生拍手喝采。

「對，一起散落吧！」

「為悠久的大義而生！」

異口同聲地說。

『悠久的大義』，這是軍人們很喜歡用的詞。趕赴戰場而死，稱之為「大義」。死亡到底哪裡正義？我不認為以死成就的忠義是正確的。

太奇怪了。說能戰死很高興的軍人，讚美戰死者是英勇日本人的普通人，每個人都太奇怪了。為什麼都沒有人發現呢？

我沒辦法看著他們的面孔，奔進廚房。鶴阿姨環住我的肩頭說「妳留在這裡」，自己把餐點送到餐廳裡去。

鶴阿姨一現身，大家便歡聲雷動。

「鶴阿姨，謝謝妳。」

「我們會擊潰垃圾美英給妳瞧瞧的。」

「無論如何都會打倒敵人。」

「要是收到敵軍航母沉沒的消息，請想到是我們幹的好事。」

「我們是帶著必死必沉的心理準備出發的。」

鶴阿姨帶著溫柔的微笑點頭，說：「請慢走」。

「祝武運昌隆。」

鶴阿姨深深鞠躬。

這時候，我看見彰站了起來。我一下屏住呼吸。

彰帶著穩重的笑容環住鶴阿姨的肩頭，說「請抬起頭來」。

「鶴阿姨，至今真的受到您許多照顧，託鶴阿姨做的美味料理之福，我們才能熬過嚴苛的訓練，非常感謝。請您健康長壽。」

彰的話，讓鶴阿姨一邊顫抖著肩膀一邊不住點頭，說不定是哭了出來。我不由得跑到鶴阿姨身邊，抱住她。

「呵呵，百合，怎麼了？」

笑著看向我的鶴阿姨並沒有哭，但她的眼中，盈滿幾乎要奪眶而出的淚。

我什麼都沒說，把臉貼進鶴阿姨懷裡。

這表情不能讓彰他們看見，因為，我知道會讓他們為難。

餐廳裡的氣氛，跟剛剛有些微妙的不同。其中有幾位隊員做出低著頭壓眼角的動作。

或許是察覺到這一點，站在彰身後的石丸先生用輕鬆的語調開了口。

「我的壽命大概還剩四十年吧，剩下的都給鶴阿姨喔。要是遇到閻羅王，我會拜託他的，所以請安心活得長長久久。」

聞言，彰噗哧一笑，開口說。

「什麼啊石丸，你打算去地獄嗎？閻羅王在的地方是地獄喔？」

「啊，對欸，糟糕！」

石丸先生一邊露出不好意思的笑容一邊抓頭，大家都笑了。氣氛一下子放鬆下來。

石丸先生和彰，一定是為了讓大家的心情好一些才開玩笑的。

他們是多麼溫柔的人啊，在我這麼想著的同時，也湧起一股為什麼是這些人的無可奈何感。

「……差不多該走了。」

最年長的寺岡先生說完，大家一起有了動作。

「鶴阿姨，感謝招待。」

「最後能吃到鶴阿姨做的料理，真是太好了。」

「這樣就能毫無牽掛的去另外一個世界啦。」

「因為吉野是個貪吃鬼啊。」

「在那個世界也能吃得飽飽的吧。」

一邊彼此開著無傷大雅的玩笑，一邊走出店門的隊員們。聽他們開玩笑似的說出『那個世界』，我的心痛苦到不知道該說什麼才好。

這些人，都已經完全做好了赴死的心理準備。遠在出擊命令下達之前，必定是在進入特攻隊的時候，就一直有著堅定不移的覺悟吧。

這是多悲傷的事情啊。

做好赴死的心理準備活了幾個月的人們。

雖然我終究無法認同特攻，但不得不為這些人的堅強所感動。

「……謝謝。」

我與鶴阿姨並肩，低頭鞠躬。

「至今為止真的非常謝謝大家。能被大家百合、百合這麼親暱的喊，我相當高興唷。謝謝……。」

我飽含著敬意與感謝，深深鞠躬。緩緩抬起頭後，被溫暖的笑臉包圍。

「我們才要說謝謝，百合。」

「我沒有妹妹，所以喜歡百合喜歡得不得了。」

「因為百合是我們的妹妹呀。」

「妳總是帶著笑容迎接我們，真的很開心喔。」

他們一個接一個的摸摸我的頭，走出店門。有輕輕摸一下的，有摸好幾次的，還有摸到把我頭髮揉亂的人。大家看見我變得亂七八糟的頭髮都笑了。

淚水溢出眼眶。

最後，是彰。

「……彰。」

我聲音顫抖，嗓子沙啞，沒辦法好好喊他。

彰露出笑容，砰、砰的摸摸我的頭。

「百合真是個愛哭鬼。」

「……我沒有哭。」

「快了吧？妳看，已經有淚水了。」

即便是揶揄的聲音也這麼溫柔。我的淚水一顆顆滴落。

「下回見囉，百合。小心不要受傷或生病喔。」

「……嗚。」

我忍不住嗚咽聲，什麼都說不出口。

深刻感受到，這是最後了。

從彰的話中，感受到「這是最後一面了，再見」的言外之意。

「百合，妳要健健康康的……。」

放下什麼話都說不出來的我，彰走出店門。

鶴阿姨握住我的手，一起走到外面。

月光照在要回基地的特攻隊員們背上。他們一邊開心的談笑搭肩、戳來戳去，一邊往前邁步。

彰與大家保持著一個短短的距離，緩緩地走在隊伍的最後。

逐漸遠去的背影。

最後一面了？已經是最後一面了？已經再也見不到了？真的？

討厭。這，果然很討厭。

回過神來時，我早已鬆開鶴阿姨的手，跑了出去。

「……ㄓㄤ……彰!!」

聽到我的喊叫聲，位置靠後的隊員們回過頭來。看著我直直朝彰的方向奔去，他們隨即一臉裝做沒看到的樣子先行離開。

彰抱住了以飛奔之勢跑過來的我。

我把臉埋在彰胸前。

「不要去……。」

小聲地說。

「不要去，不要去，不要去。拜託你了，不要去……不要死，不能死啊……因為，要是死了，就見不到了……真的，就見不到面了……。」

我的手環著彰的背，拚命地抱住他。

「不可以，不要去，不要去。不要丟下我離開……。」

彰的手臂輕輕地從兩側環住我，我最喜歡的體溫將我包覆住。

彰的大手，撫摸著我的背脊。但是，彰一句話都沒有說。

「吶，彰，別走……。」

「……。」

我的話語在空落落的天上飄蕩，被吹散在夏夜的晚風中。

我哭著抬起頭，彰的臉在月光照耀下白得發光。他雖然在微笑，但眉頭看起來相當困擾的微微垂下。

我並不是要讓他露出這種表情，我並不想讓彰為難。

我已經，什麼都不能說了。

緩緩的鬆手離開。

「……抱歉，彰，我說了任性的話，抱歉……。」

「百合……。」

我雙手拭淚，抬起頭看彰。

在稍微有點距離的位置，走在隊員隊伍末端的石丸先生，像是要觀察我們這邊狀況似的回頭看了幾眼。

再留下去的話，會給其他人也造成困擾的。

我緊緊握住彰的手，一邊看著他的眼睛一邊說。

「……謝謝你救了我那麼、那麼多次。如果沒有彰，也許我現在就不會在這裡了。真的，謝謝你。」

彰垂下眼簾，嘴角勾了勾。莫名的，看得出苦澀。

所以，我笑了。

雖然應該笑得很醜，但這是我現在盡全力能擠出來的笑容了。

「去吧，彰，大家都在等你喔。」

「……百合。」

「至今都很謝謝你。去吧。」

彰抓住我的手腕，用力往他懷裡一拉，以至今前所未有的力道環抱住我的身體。

我幾乎無法呼吸。彰的唇貼在我耳邊。

「……百合，百合。抱歉，謝謝……。」

力道更強的緊抱後，彰緩緩鬆手。

接著，彰轉身背對我，而後一次也沒有回頭的邁步離開。

在他的背影因周圍的黑暗而看不見為止，我一直站在原地。

「那我出門了，百合。」

「慢走，路上小心喔。」

第二天早上，我揮手目送鶴阿姨從玄關出門。

最後，我還是沒有目送特攻隊的勇氣。

要是去了，即使要飛的特攻飛機起飛，我一定也會想挽留，還是會大聲的喊不要去。

好不容易昨天說出了漂亮的臨別贈言，所以，我已經不打算再見彰了。

我不想給彰帶來困擾，不想讓幫助了我這麼多次的彰為難。

我在房間的一隅抱膝坐著，直直盯著榻榻米的紋路。

今天天氣也很好，非常熱。蟬聲與微風從打開的窗戶中溜了進來。不管是什麼時代，蟬聲果然都一樣吵啊。

就在我這麼想的時候，忽然一陣強風吹來，掛在窗邊的古樸風鈴發出帶著涼意的叮鈴、叮鈴聲。

擺在餐桌上的紙被這陣風吹落到地上。啊，我想，站了起來。撿起掉在附近地上的紙，不經意的掃了一眼。

是寫給鶴阿姨的，用漂亮的字跡，寫著『請寄出』。

我的目光落到放在桌上的一疊紙張上。那是特攻隊的大家寫給家人的最後一封信，每一封都放在潔淨的白色信封中，仔細地封緘，用純黑的墨水寫上收件人姓名。

應該是昨天晚上寄放在鶴阿姨這裡的吧。我聽說鶴阿姨一直都會保管特攻隊員們的信件，然後送到他們家人那裡。因為若是從軍中寄出，內容會被檢查。

我不由得一封一封拿起來看。

端正整齊的，寺岡先生的字。一定是寄給太太與女兒的信件。

濃重豪放的，加藤先生的字。似乎是寫給父親的信，還有寄到小學的信。果然是熱血教師。

石丸先生的字意外地好看，寫上了所有家人的名字，寄件人的位置上寫了『從另一個世界智志』，很有愛開玩笑的石丸先生風格，讓人心疼。

然後……是彰的信。纖細而工整的文字，似乎是給所有家人一人一封信。很像個性認真的彰，我想。

寫給父親的，寫給母親的，寫給弟弟的，寫給妹妹的。

看到這裡，我「欸」的想了一下。還有一封信，最後的一封。

「……騙人。」

信封上，寫著『給百合』。

我的心臟砰通跳。

耳朵深處聽得見砰咚砰咚砰咚的脈搏聲。

彰，我的嘴唇自己動了。

彰、彰、彰。

我無聲地持續呼喚。

直到最後的最後，都用他的溫柔緊緊束縛我、讓我難以割捨的，殘酷的人。

等回過神來時，我已經跑了出去。

奔出家門，從小巷來到大馬路上，撞到行人也不管不顧的噠噠噠噠跑著。從遭到空襲還沒能復興、燒焦的城鎮中，往基地跑去。

人生至今為止還沒跑這麼快過。我想就連空襲的時候也跑得比現在慢。

被落下的太陽光照得針刺般疼痛，汗像瀑布一樣流，側腹疼痛，喉嚨收緊似的難受，腿像棍子一樣僵硬，腳尖不聽使喚，摔了好幾次。

即使如此，我還是一次都沒有放慢腳步。

要趕上啊。拜託，要趕上。

我雖不識神佛，但仍祈禱。

做出這麼絕望、殘酷瘋狂世界的神明。對彰的死冷眼旁觀的殘酷神明。

至少今天、至少最後，讓我的願望實現吧。

基地的機場，看得見跑道。

自己呼吸的聲音吵雜得很，呼吸困難，全身都痛。好痛苦，好痛苦。

即使如此，我還是得去。早一分鐘也好，早一秒鐘也好，到你那邊去。

特攻飛機已經在跑道上排成一列，開始緩緩移動。

等一下……不要走。還不要走，再一點時間就好，等我。

跑道周圍已經聚集了多到數不清的人。有向特攻隊員敬禮的大叔，模仿似的一個一個敬禮的小男孩，一邊流淚一邊揮白手帕的婦女，拚命揮舞著單支花朵的女學生。

另外一頭，是從特攻飛機的駕駛艙裡，笑著對送行的人揮手的隊員們。有高舉家人或居民們贈送的花束或吉祥物品，說了些話的人。引擎聲很嘈雜，什麼都聽不見，但從唇型可以知道是在說謝謝。

隊員們穿著嶄新的軍服，全白的圍巾在夏日陽光下閃閃發亮。他們不輸給陽光明亮、有朝氣的笑容閃耀著光輝。

我跑到送行的行列前面，尋找彰的身影。

特攻飛機一一從眼前通過。不管是哪一位隊員，真的都露出明亮的笑容。在我旁邊的婦女小聲說：

「多麼的俊朗……多麼的勇敢，啊啊，多麼的神聖尊貴啊……。」

開始朝著他們合掌膜拜。

「是活著的神明……。」

加藤先生的飛機從我眼前經過，他額頭上綁著用黑墨寫著『一擊必沉』的國旗頭巾。

接著，石丸先生的飛機來了。他朝著送行的行列，露出一如往常活潑的笑容揮手。

然後，下一台過來的是。

「……彰、彰——!!」

我用我聲音的極限，呼喊著。雖然不知道他聽不聽得見，但總之就不管不顧地拚命喊著他的名字。

「彰！彰！彰!!」

我竭盡全力大幅揮手，彰、彰的喊著。

不知道是不是聲音傳到了彰那裡……彰的目光，最終停留在我身上。

彰驚訝的睜大眼睛之後，露出我最喜歡的溫柔微笑，然後鬆開握著操縱桿的右手，從胸前拿出某個東西，朝我丟了過來。不知道為什麼，我拚命伸手，去拿那個東西。

——是朵開得十分美麗的百合花。

甘甜的香氣輕飄飄的刺激著鼻腔。

淚水流下。

我抬起頭，喊著彰。但是，已經喊不出聲了。

彰朝我揮揮手，就這樣帶著好看的笑容通過。

在悵然若失送行的我眼前，最後一架飛機也通過了。

在前方，領頭的飛機起飛。下一台飛機，然後再下一台飛機也起飛，之後陸續起飛。

終於，彰的飛機也起飛了。

特攻飛機像被天空吸走般高飛翱翔，在上空編組隊形。然後像行禮似的，在送行的人們頭上飛了一個大迴旋後，就這樣往南方飛去。

直到宛如小小光點般的特攻飛機一下子融入遙遠的晴空、再也不會回來的天空為止，我眼睛眨也不眨，一邊緊握著百合花，一邊盯著逐漸變小的機體身影。

——之後，我的身體搖晃前傾，趴倒在地。

就這樣，失去了意識。

第三章　盛夏

夏夜之夢

「……好刺眼……。」

感覺到眼睛被明亮的陽光照射，我睜開眼，緩緩支起上半身，呆呆的看著周圍。

咦……發生什麼事了？我應該是倒在了機場，是誰把我送過來的嗎……。

就在這麼想的瞬間，我注意到掌心碰到濕潤土地的觸感。

這裡不是鶴阿姨的家。那麼，這是哪裡？

視線逡巡，洪水般大量的光線照著我的眼睛，非常刺眼，我反射性的低下頭。

過了半晌，眼睛比較習慣之後，我被自己的樣子嚇得屏住呼吸，我穿著學校的運動服。

為什麼？什麼時候？

我啪一下往旁邊一看，我剛剛枕著的，是學校書包。

太奇怪了。這明明應該放在鶴阿姨家的櫃子裡啊？

我踉踉蹌蹌彎腰半起身，朝著光的方向爬去，視野一口氣開闊起來。

「……騙人的吧？」

我啞著嗓子驚叫出聲。

在那裡，有砂漿外牆的獨棟房子、大廈、公寓。

是我看慣的，懷念的街景。

我回到現代了……？

「騙人……騙人，為什麼？為什麼？是什麼時候……？」

明明是我想回想得不得了的世界，但心中的疑惑無論如何都無法平息。

本以為再也回不來的我，完全沒有心理準備。

我啞口無言，走在一片寂靜的街道上。

縱使如此，我腦中還全想著七十年前的世界。

我沒向鶴阿姨道謝，沒和千代說再見，還有……沒讀彰寫的信。明明是彰特意寫給我的信，就這樣放在鶴阿姨家了。

說不定有，我想著，在書包跟口袋裡翻找，但當然沒放在裡面。

我因驚訝和後悔而混亂不已，回過神來時，終於到了自己家的公寓前。

想著現在幾點了呀？我拿出手機。不知道為什麼，手機還有電，然後標示的日期是……我跟媽媽吵架跑出家門後的，次日。早上五點半。

壞了吧，我想。我呆呆的站在屋子前面，無意識的拿出鑰匙，打開玄關門。

就在這個瞬間。

「……百合!?」

媽媽從屋裡的客廳跑了出來。亂七八糟的頭髮，妝都花了的臉。

「……妳這笨蛋!!」

媽媽毫不留情的甩了我一個耳光。太久沒遇到這種狀況了，我沒躲開。

我手壓著火辣辣的臉頰看著媽媽。從她那睫毛膏和眼影完全暈開、黑漆漆的眼睛裡……滴滴流下淚水。

我第一次看見媽媽哭，不由得呆住。媽媽一邊眼淚撲簌簌的流一邊瞪著我。

「……妳到底跑到哪裡去了！」

當然不能說跑去戰爭時期的日本了。我沉默著回望著媽媽。

「……真是，真的是個麻煩的女兒。我跑出去找，到處都找不到……託妳的福，我一個晚上都沒睡，今天應該也沒辦法好好工作。妳要怎麼負責啊！」

媽媽說的話讓我疑惑。

一個晚上都沒睡？一個晚上？

「欸……等一下，我不在的時間，只有一個晚上？」

我呆呆的問，媽媽「蛤？」的一臉驚訝。

「妳在說什麼？撞到頭了嗎？」

媽媽朝著我伸出手，像是確認似的摸摸我的頭。這個動作讓我小小嚇了一跳。總覺得已經很久很久，沒被媽媽這樣碰觸過了。

我因害羞而低下頭。這時候，媽媽的腳映入我眼簾，不知道為什麼，從腳趾到腳踝都滿是泥巴。仔細一看，從客廳到玄關這段短短的走廊上，留著無數的黑色足跡，就像是反反覆覆無數次走來走去好幾遍一樣。

「……等等，媽媽，妳的腳髒了喔。」

我不由得提醒，媽媽用力的戳戳我。

「吵死了妳！還不都是妳害的！」

「欸……？」

「妳過了那麼久都沒回來，我就在街上到處找，不小心卡到水溝裡了啊。啊啊，妳要怎麼負責啊，真是的！」

媽媽這麼說，然後到浴室裡開始洗腳。我對著媽媽的背影問了一句。

「……妳去找我嗎？一個晚上？」

「……當然啊。再怎麼蠢，總歸還是我的女兒。」

媽媽說話的聲音裡，帶著微微的顫抖。

回過神來時，我的眼淚流了下來。總覺得最近自己老是在哭。

『百合真是個愛哭鬼』。

我忽然想起彰帶笑的聲音。

……已經離開的彰，消失在南方天空的彰，再也見不到的人。

眼淚止不住的流。我搖搖晃晃的跪坐在地，抽抽噎噎的哭起來，然後抱住眼前媽媽的背。

媽媽嚇一跳似的轉頭，眼睛睜得大大的。

完全沒有休息，亂糟糟的找我，一直等待著我的，我的媽媽。單憑她一己之力，養育我至今的人。

即使如此，我老是反抗她、給她帶來困擾、老是跟她吵架。

「媽媽……對不起，過去真是對不起……。」

聽我一邊哭一邊對不起、對不起的道歉，媽媽張開雙手，緊緊的抱著我。

「……媽媽也對不起妳。煩躁起來都衝著妳發洩……應該老是讓妳覺得不舒服吧？真的很對不起……。」

看著一邊吸鼻子一邊道歉的媽媽，我笑了開來。

嘴巴壞又不坦率。我和媽媽的個性果然很像。

永不消失的思念

理所當然似的，回到普通的日常生活。

從七十年前的世界回來之後，個性變得相當坦率的我，在家也好，在學校也好，大家都說我「簡直就是換了個人」。

過去至今的我就是在無聊的叛逆期，我想。為什麼那時會對什麼事都這麼煩躁呢，現在覺得不可思議至極。

可以理所當然的去學校，可以悠閒自在地眺望美麗的藍天。可以吃飯吃得飽飽的，可以放滿整缸熱水泡澡。在開著冷氣涼爽的房間裡悠閒躺著看漫畫，到了晚上開了燈也不會有生命危險。也沒有必要因害怕恐怖的空襲而淺眠，為了能隨時離開總是準備著逃生包。

切切實實的感受到，這真的很幸福。

我們不必在平常就感到生命危險的情況下活著。這麼快樂的生活，那時候的我，到底有什麼不滿？現代的日本，真的很幸福。

但是，每當在電視中看到海的另一端遙遠國度的新聞，我就覺得難受。

仍然有正在戰爭的國家，有害怕轟炸住在當地的人，因內戰而喪失許多人命，也有以信仰之名進行自爆恐攻的人。

有手持武器作戰的年輕人。還有因為少數白痴大人的過錯，讓他們被恐怖包圍、夜不成眠的孩子。

每次這麼想，我就會回憶起在七十年前的世界裡遇到的大家。

那些溫柔對待陌生的我的，溫暖的人，在我回來之後，也一定繼續過著害怕空襲的生活。即使戰爭結束後，也一定一直過著因世道混亂、貧困、飢餓所苦的生活。

然後這一切，現在依然在世界各地持續著。

每次讀戰爭或內戰的報導，看見新聞節目上轟炸及恐攻爆炸的影像，因受傷而滿是鮮血的臉，因失去家人而哭泣崩潰的人，我就會做在七十年前的世界裡碰到空襲那晚的惡夢。

我深刻感受到戰爭還沒結束，這樣下去不行。但是，我能做什麼？

雖然懷著這樣的煩惱，我還是每天過著普通的生活。

時序進入七月，真正的酷暑到來。

就在我一邊用手背擦汗一邊走在從學校回家的路上時，忽然停下了腳步。

有百合花的香氣。

我環視周圍，在某家庭院裡頭，發現盛開的白百合。那瞬間，我想起緊緊揪住心臟般的苦澀感覺。

彰。直到現在，我還是一天會想起彰好幾次。

明明完全不打算去想，但彰的模樣偶然會在腦中浮現。

會不小心想起那個溫柔的微笑，那個既低沉又迷人的嗓音，摸我頭的大手，抱著我有力的手臂，寬闊溫暖的背。

回到現代後，我曾一瞬間覺得那是夢吧。去那個時代，看到許多恐怖的東西，遇到許多溫柔的人，一切都是一晚的夢境。

夏夜之夢。因燠熱而見到的幻影。

但，不是的。那的確是現實。

因為，在我回來那天，媽媽這麼說。

她把臉靠近我的胸口，一臉不可思議的說「有百合花香」，仔細一看，在我的手心上，沾著百合的花粉。宛如落日般的深橘色，切切實實的附著住沒有離開。

那是彰給我的百合花。在分別的瞬間，我握著的百合花的花粉。

所以，我相信那並不是夢。彰是確實存在的，雖然再也見不到了。

一想到這裡，我的眼淚又下來了。

我一邊看著庭院裡搖曳的百合花，一邊靜靜的流淚。

『百合真是個愛哭鬼』。

彷彿，又聽見了那個憐愛的聲音。

「呃——那我們現在來分下禮拜社會科參觀的組別喔。」

原本看著窗外，聽著唧唧蟬鳴聲的我，把目光轉回站在黑板前的班導那裡。

三個禮拜後，暑假就要開始了。在這之前，有個例行性的社會科參觀，雖然只是頂著參觀的名目，實際上是去遠足就是了。

這麼說起來，今年要去哪裡啊？說不定課堂上有說、有拿到講義，但之前處在叛逆期的我，完全無視了這一切。

算了，哪裡都行，我想，反正跟去年差不多吧。讓我們搭巴士，送到某個地方，然後聽一些話，吃午飯，再去另一個地方聽些話，然後回來。

我用手撐著臉，呆呆的看著班導師青木寫在黑板上的字。

「好，六人一組分成六組，就找好朋友自行成組吧。」

找好朋友自行成組這件事，對我們這種邊緣人來說相當困難。總之我是個實打實的問題兒童，同班同學都避之惟恐不及，只能加入人數不足的組別。

青木也很清楚這一點，所以跟一個五人的組別說「還差一人，就讓加納加入如何」。是個由頗為乖巧穩重的女生們組成的組別。聽到青木的話的瞬間，她們有點不知所措的妳看看我、我看看妳，最終感覺是其中最活躍的領袖橋口同學說「知道了」，回了青木的話。

我走近橋口同學那組，她們果然露出不知所措的表情。總覺得難過，待著不舒服。不過這也是我自作自受，是過去至今逃避和人往來應對的報應。

反倒是橋口同學她們很可憐。明明是難得的校外活動，卻得和我這種問題兒童一起行動，心情應該很沉重才是。想著至少不要給她們帶來困擾，乖一點比較好。

就在我想著這些時，青木移動桌子進行分組，指示我們決定組長和巴士裡的座位。

「組長很重要唷。因為參觀完之後，要代表各組向導覽的研究員致謝辭。」

青木說完的瞬間，教室裡響起一片騷動。我聽見一個活潑男生組吵吵鬧鬧的內容。

「嗚哇——真的假的，超慘。」

「不知道謝辭要講什麼啊——！」

「你當啦，組長。」

「才不要，你當！」

我加入的組別也是類似的狀況。原以為團體領袖的橋口同學會接下這個重責大任，但在陌生人面前會害羞的她搖頭說「絕對不行！」，其他同學的回應也大同小異。

這樣下去，不管花多久時間都不會有進展的。這麼想的我，斟酌著時機，開口提議「那個……」。

組裡的大家驚訝的齊齊看著我。總覺得她們有點害怕，是我想太多嗎？

我盡可能擺出溫和的表情，朝她們露出笑容。

「我來當組長如何？」

「咦？」

「啊，如果沒人要當，那我來也沒關係的意思。」

「欸……。」

橋口同學她們睜大眼睛，滿臉驚訝的妳看看我、我看看妳。對於結束叛逆期，突然變了個人的我，班上的同學還沒辦法應對或適應，是種不知道該怎麼對待才好的感覺。

橋口同學她們，看來也對我突然主動提出要當組長的行動感到不知如何是好。但過了小半晌後，橋口同學轉過頭，抬眼問我「那，可以拜託妳嗎？」。果然讓她們覺得害怕了啊……我一邊想，一邊微笑點頭說「嗯」。

「那麼，接下來決定巴士的座位。」

我這麼說完，橋口同學她們再次妳看看我、我看看妳。

「嗯、嗯……。」

她們點點頭。

接下來好好建構人際關係吧。首先在社會科參觀之前，得稍微跟同組的成員拉近一點距離才行。

我暗自下定決心。

「紗瑛，要不要吃巧克力？」

「要──我回送妳軟糖！」

「我也要！」

社會科參觀的早上。

在巴士裡，大家迅速開始交換點心大作戰。在我周圍，同組的成員們也和樂融融地彼此交換巧克力跟軟糖。

坐在我鄰座的，是橋口同學。她跟坐在走道另外一端的竹田同學和有川同學交換完點心，回到自己的座位上，然後一臉戒慎恐懼的開口問我：

「……加納同學，妳要不要巧克力？」

我笑著點點頭，然後遞出口袋裡的水果糖。

「那，我用這個跟妳交換。」

「欸，可以嗎？」

「因為，妳給我巧克力了呀？」

「呃，嗯，是、是啦……。」

橋口同學一邊點點頭，一邊收下我遞過去的糖果。

果然沒辦法立刻就親近起來。人際關係不是這麼簡單的事情啊，這是我這一週以來切實的感受。但覺得有稍微縮短了一點點彼此的距離。

就在不知道要去哪裡的情況下，坐著巴士搖晃前行。

我呆呆地看著窗外，又藍又通透的晴空，遠方可以看見一團一團的積雲。莫名想起彰他們出擊那天的天空，彰他們被吞沒的天空。

坐在最前面的青木站了起來，拿起巴士導遊用的麥克風。

「差不多要到了，收拾隨身物品做好準備喔——。」

同班同學們騷動起來開始動作，我也把書包放在膝蓋上。

再次，呆呆看向窗外。路旁立著一個大大的直式招牌。

在我無意間看清楚招牌上的文字時，砰咚，心跳如擂鼓。

『特攻資料館』。

砰咚砰咚砰咚的，心跳加速。特攻這個詞，即使招牌已過，仍舊映在眼簾中沒有離開。

巴士按照招牌所示轉了個彎，然後——進入特攻資料館的停車場。

我的心跳快得宛如連續敲鐘。

大家開始站起來下車了，所以我也幾乎是無意識的跟著做，可腦中一片空白。

聽著道路兩側傳來的蟬鳴聲，我們走進資料館中。

入口附近的位置，展示著古老且陳舊的戰鬥機。和彰他們駕駛的、和他們有著相同命運的特攻飛機同款式。

我突然一陣暈眩，那天的記憶浮現腦海，鮮明得驚人。笑著揮手，英姿颯爽出發的特攻隊員們，化成光點消失在南方天空的人們。

這樣一看，當時的戰鬥機跟現在的飛機相比好小啊。他們把命賭在這麼靠不住的東西上，踏上征途。

這真的能飛到目的地嗎？據說也有不少在飛行途中迫降或墜機，半途就結束的例子。

彰呢？彰怎麼樣呢……。

我腦子一片呆滯，什麼都沒辦法思考。

「這裡開始以組為單位行動。課後教學的課堂上每一組都要發表，所以要認真思考、參觀喔。」

照著班導的指示，每一組都各自集中開始行動。我跟在橋口同學她們身後搖搖晃晃的走。

走進館內，有個寬廣的展間。看見那面牆壁的瞬間——啊啊的嘆了口氣。

一整面牆壁，塞滿多到數不清的臉。

全都穿著同樣的軍服、戴著同樣的軍帽——是特攻隊員們的黑白肖像照。露出穩重開朗的微笑，七十年前逝去的年輕人們。其中找到幾張認得的臉，我不由得表情一變，幾乎要哭出來。

背對肖像，我看往牆壁的反方向，那邊的玻璃展示櫃中，展示了許多遺物、遺書。已經變得褪色斑駁的物品，看起來被讀過無數次的書信。跟在同學們後面，我專心致志的看著那些遺物。

記下出擊前晚心情的日記頁面，出擊前所做的詩與短歌，在半紙（註）上寫著『擊沉航母』、『必中必沉』這類出擊決心的作品，每一則都是以墨書寫的美麗字體。

也有幾封在開頭寫著遺書的信件，文末多半以『天皇陛下萬歲』、『大日本帝國萬歲』作結。

寫這樣的信寄給家人的人，還有收到這樣的信件的人，到底是什麼樣的心情呢。

那些人寫給家人，保管在鶴阿姨那裡的書信，也寫了『遺書』這樣的開頭吧……。

我呆呆的在展示櫃之間轉來轉去的時候，忽然發現了熟悉的筆跡。我湊近展示櫃，仔細地看。

是寺岡先生的信。我不由得看了起來。那是篇寫給他太太的長文，流暢的文字接連在一起難以辨識，我幾乎都看不懂。

（註）和紙的規格之一，長約33公分，寬約24公分。這種尺寸的紙現在多用於書法練習。

只有「向佳代問好」這部分還能讀懂。佳代應該是寺岡先生家小嬰兒的名字，在寫給他太太的內容後，有寫給這孩子的話。大概是考量到要給小孩看的吧，寫的是片假名，所以我看得懂。

『給佳代。妳長大之後，請讀這封信。

妳要好好用功讀書，幫媽媽的忙。就算爸爸不在，也不會寂寞喔，因為爸爸會化為神風，保護著妳，因為爸爸會一直從天空中看著佳代。』

……佳代讀了這封信了嗎？到了佳代能自己讀這封信的年紀，戰爭已經結束好幾年了吧？那時候佳代是怎麼想的呢？

我一邊想，一邊看向下一封信。那是石丸先生的信，雖然寫得龍飛鳳舞，但字沒有連在一起所以很好判讀。

『午安，這是封從那個世界來的信。』

很有石丸先生風格的開頭，我想。非常非常懷念。

『我明天，就要出擊了。父親大人、母親大人，這二十幾年，真的受到您許多照顧，我的一生過得相當開心，沒有任何牽掛遺憾。附帶一提，也沒有借款、愛人、私生子，請您安心。

那麼，我要去打仗了，笑著高潔的散落。再見。』

總覺得有點好笑，在遺書上寫『借款』、『私生子』什麼的。我想起了石丸先生悠然自得的笑容。

真的是非常明亮愉快又開朗的人。為了不讓家人傷心，為了稍微減輕這份悲傷，留下了這封信。我想到石丸先生的溫柔，唇邊露出淺笑，不經意的往下一封信看去。

這瞬間——我的心臟停了。

我眼前一片空白，身體晃了下，為了不倒下，我用手撐著玻璃櫃子，等待衝擊感稍微平穩下來。

是彰。

是彰的字，是彰的信。

我有種胃裡的酸水咕嘟倒流的感覺。一邊因太過震驚而想吐，一邊凝視著彰的信件。

寫給爸爸和媽媽，還有弟弟和妹妹的，四封信。

我像是要撲在玻璃櫃上似的屈身前傾，開始讀彰的信。

『父親大人。承蒙您嚴格且正確的養育，無以言謝。

有幸能以死回報您的大恩，我收到御賜的特攻命令，明日要踏上征途，實現少年時期以來的願望，為國家如花般散落。相信皇國的永續綿長而出征。』

讓人感覺不到一絲動搖，強勁凜然的文字。相當率真的語句。

啊啊，是彰……我想。抱持著堅強的信念，毫無動搖的、率真的雙眼。

『母親大人。被日本女性典型的、堅強溫柔的母親所疼愛、養育，彰是幸福的。請您不要哭泣，這是喜悅之死，彰沒有任何遺憾。

請您原諒我生前的不孝，我先去那個世界慢慢的等待您。請永遠健康。』

與寫給父親的信相比，寫給母親的信用了相當溫暖柔和的線條書寫。

啊啊，這也是彰，我想。眼前浮現出他溫柔大度的微笑。

『給哲。這次，哥哥身為特別攻擊隊員被徵召了，這莫大的光榮讓我顫抖。被允許為國而死的喜悅，撞擊我的胸膛。我一定會炸沉敵軍給你瞧瞧。你收到這封信時，哥哥應該已經和敵艦一起沉入海底了吧？身為大和男子，沒有比這更高的榮譽了。這一生雖然短暫，但哥哥是為悠久大義而生的。

你以前總是喊著哥哥、哥哥地跟在我後頭打轉，總覺得好懷念。哲，你要成為堂堂正正的日本男兒，母親大人就拜託你了。』

『給惠子。雖然我沒做過什麼哥哥該做的事，但一直很擔心妳。妳總是說想去學校上課，戰爭應該就快要結束了，就能回到以前那樣和朋友一起上學的日子。如果那一天到來，要好好學習唷，該學的事情多到數不清。請連哥哥沒能學到的份努力用功。

最後，要連哥哥的份一起孝順父親大人、母親大人喔。』

一字一句，把所思所想寫下來傳達出去的信。看得出彰真的很重視弟弟妹妹。

我緩緩眨眼。覺得確認到彰存在的證明，非常非常開心。

然後，當我緩緩邁出步伐時，我的眼光停在一封信上。

只有那封信非常光潔，看起來像新的一樣。

就像信封封緘之後便仔細收好，一直無人閱讀似的……。

我覺得不可思議，無意湊近的瞬間。

「……嗚!!」

我發出無聲的尖叫。上頭寫著。

『給百合』

是彰的字。

騙人……這，是那時候的信？

彰出擊那一天，在鶴阿姨家發現的，那封信？

我放在玻璃櫃上的手，微微顫抖起來。

沒想到，那封信會，在這裡。我連眨眼都忘了，像被這封信吸過去似的彎下上半身。

『給百合：

就算寫了這封信給妳，可能也只會讓妳覺得悲傷，但是，我沒辦法容忍這份心情僅能化成海上的泡沫消失無蹤，所以，想把我真實的心情寫在這裡，若妳能讀到，我會非常開心。

我總說妳就像是我另一個妹妹，不過，抱歉，那是騙人的。我愛妳，打從心底愛著妳坦然、率真且溫柔的靈魂。如果可以，如果生在沒有戰爭的時代，我想與妳共度一生。

但，這是無法實現的夢想。明天的十三點三十分，我會遠航，然後散落。

我現在一邊抬頭看著要成為自己墓地的天空，一邊寫這封信。在開滿百合花的那座山丘，在和妳說話的那座山丘。

妳的花飄散著香氣，我的懷抱裡都是這種甘美的香氣。

和如此美麗的花一樣，妳非常單純、潔淨、真率，從不隱瞞自己的心情，這些地方讓我喜歡得不得了。

總覺得天空非常美。就像和妳一起看的、那時候的星空一樣，無數的星星在夜空中綻放著光輝。

我要在那天空中散落。為了妳，為了綻放著與妳同名之花的，這個世界。

我只希望妳幸福。只希望妳的笑容一直閃耀。

百合，我想見妳。明明剛剛才見過面，又想見妳。為什麼會這麼喜歡妳呢？

百合，妳要活下去。看見因生在這個時代而受苦的妳，我也十分痛苦，但是，戰爭快要結束了，要不了多久一定會結束，所以，無論如何請在這場戰爭中活下來。我現在，只盼望這個。

再見。』

「……嗚、嗚、……嗚。」

讀到一半，我就幾乎讀不下去了。

無論怎麼擦都不斷流出來的淚水，讓我的視野扭曲變形。從下顎滴落的眼淚弄溼了玻璃。

——彰、彰，想見你……想見你。

我雙膝無力，難以站立。

周圍的同學驚訝的看著搖搖晃晃跌落地面的我，但管不了了，我哭出聲來。

寂靜的展示室裡，迴盪著我的哭聲。

「……嗚，彰、彰……嗚。」

我一邊抽噎哭泣，一邊看向牆壁。

像是要塞滿整面牆壁般，排列其上的許多黑白肖像照。

我立刻就找到了。在我眼中，就只有彰的照片看起來像在往上浮似的。

我搖搖晃晃站起來，踉踉蹌蹌往前跑，撲在牆壁上。彰在小小的四方形照片中微笑，懷念的微笑。

他的胸口，插著兩朵彷彿互相依偎的百合花。

……啊啊，我是這樣被愛著的啊。

我忽然這麼想。

彰，我第一個愛上的人，他是這麼深刻、無聲的愛著我。從信件、從照片，清清楚楚的傳達過來。

我蹲在地上，泣不成聲。

「……加納同學，妳還好嗎……？」

橋口同學在我身邊以膝觸地，擔心的看著我。

不行，會嚇到大家，大家會覺得困擾的。我雖然這麼想，卻怎樣都無法停止哭泣。

結果，我直到被老師抱著帶去外面為止，都像小孩一樣一直大哭個不停。

新世界

是新的世界，我想。

在我坐在特攻資料館外的長椅上，淚水已乾，喝了一口老師買給我的礦泉水後，忽然抬頭望向天空時。

這裡是新的世界啊，我想。

澄澈的美麗藍天，緩緩流動的白雲，輕撫肌膚的微風，風息吹過沙沙作響的綠植，耀眼的陽光。

這裡是他們守護的世界。這是他們寧可犧牲自己的生命也要實現的和平。

在天空的正中央，看得見飛機飛過。白色的飛機雲在藍天中浮現出來。

我就這樣仰望著天空，緩緩閉上眼睛。

眼瞼感受到太陽的熱度。

在那個時代，連像現在這樣悠閒的抬頭看天空都做不到，大家都害怕宛如割裂天空般橫穿而過的轟炸機。

但現在不同。在如今的日本，沒有人會害怕飛機的形影。

我一邊想，一邊搭上巴士，回到學校。

下了巴士，在操場集合後解散，我去了校舍的洗手間。一如預期，我的眼睛又紅又腫。橋口同學借我冰凍的寶特瓶罐，在巴士行駛期間我都一直壓在眼睛上冰敷，不過哭得那麼兇，是沒辦法立刻恢復的。

我嘆了口氣，走進教室。想當然爾，一個人都沒有。聽得見從操場傳來足球社、棒球社的呼喊聲。

側耳細聽，從音樂教室傳來管樂社練習的聲音，從體育館傳來球反彈的聲音。我一邊聽著宛如包住這些的蟬鳴聲，一邊等待眼睛消腫。

就在教室微微染上夕陽顏色的時候，我站了起來，在學生出入口的鞋櫃換上球鞋，走到外面。

是夏天的氣息。

我吸進一大口氣，再次覺得，是新的世界。

帶著某種舒暢的心情，踏出校門。

我在走出校門幾步的位置，突然放慢腳步。一個穿著陌生制服的男孩子，從樹木的縫隙間望向操場。

我一邊覺得怪，窺視著那個男孩的樣子，一邊緩緩的從他身後走過。

就在這個時候，男孩大概是注意到我，倏地回頭。

「……啊。」

我不由得停下腳步。

見到他臉孔的瞬間……我就知道了。

這個男孩——是彰。

他歪著頭，一臉不可思議的看著我，但小半晌後，便露出了笑容。

那個笑臉，果然跟彰的笑臉一模一樣。溫柔且帶著透明感的微笑。

男孩一臉沉穩地開口。

「妳是這間中學的學生？」

我就這樣呆呆的，點點頭。

「這樣啊，妳幾年級？」

「二……二年級。」

我總算答了話，他輕輕地露出花開般燦爛的笑容。

「那麼，我們同學年。太好了，我下禮拜開始轉進這裡就讀二年級，請多指教。」

男孩朝我伸出手，我反射性的舉起右手，男孩子的手紮紮實實地握住我的手。

我認得這個觸感。

骨節儘管明顯，觸感卻滑順的大手。

彰，我在心中喊著。

「請多指教。」

我小聲地說。看著那個男孩的眼睛。

宛如住著閃耀的明亮星星似的，率真且美麗的眼睛。

新世界。
是的，我活在這個世界。
我們接下來也會繼續活在這個建構在許多的痛苦、悲傷與犧牲上的新世界。
同時感受著與這個世界連結、數不盡人們的生命與愛。
那個夏天，散落在空中的大家，聽得見我的聲音嗎？
我現在，活在你們守護著的未來。
活在你們希望的、明亮的未來。
謝謝你們留給我這麼美好的未來。
我絕對不會忘記你們，絕對不會忘記你們的犧牲。
我會在你們賭上性命守護的未來裡，努力活著。
請你們，放心的睡吧。

——吶，彰。
聽得見我的聲音嗎？
你現在，在哪裡呢？
那裡是個沒有痛苦、煎熬、悲傷的，安穩的地方嗎？
希望像被風吹落的花瓣般脆弱消逝的你，至少現在能在溫柔的夢境中，安詳沉眠——。

終章　晚夏

尾聲

最終時刻，一分一秒逼近。

我並不怕死，那種感覺已經消失了。我只允許這個最後的結局。

這幾個月，我都是想著死亡活著的，想的儘是做好死亡的心理準備。

並不是不能逃，但是，若做了這樣的事情，這麼一個苟且偷生、沒出息的男性家庭成員，會讓父母弟妹覺得難過痛苦吧？我沒辦法做出這種事。

……不過，只有一次。

只有一次，我認真動了想逃走的念頭。因為，我遇到了想一直待在她身邊、守護她的女孩子。

若不是這個時代，若沒有戰爭，若我不是士兵就好了，我無數次懊惱著。

但是，我選擇了以特攻隊身分死去。終歸還是得有人上戰場。

斬斷對她的思念，我在幾個小時之前，自地面起飛。

看見在灰濛濛大海上漂浮著的，敵人的艦隊。是美軍的航空母艦。甲板上並排停著幾架戰鬥機。

『發現目標！』

加藤意氣昂揚的聲音從無線電傳來。

我要對其中的一個進行特攻。這是最後的任務。

深呼吸一口氣，我做好心理準備，緊緊握住操縱桿。

我注意到自己的手在顫抖。

這樣啊，我在害怕啊。我平靜的想。

一想到說不定會因此失敗，我瞬間緊張起來，不安的塊壘在心底倏地膨脹。

這時，綿密的甜蜜香氣輕輕飄蕩，刺激我的鼻腔。

我往下看。

那裡有一朵盛開的純白百合花。是我今天早上準備出擊的時候，插在胸前口袋裡的。

昨晚，我去了開滿百合花的山丘，只摘了兩朵回來。兩朵中的一朵，並不在這裡，因為我在出發之前放開了它。

聞著花香，不可思議地突然覺得好滿足，手停止顫抖。

百合，我低語。

我愛著，與此花同名的少女。

擁有率真、單純且溫柔靈魂的少女。

她無垢的眼睛，直接而切實的注視著我。是我狂妄自大，總感覺那目光中蘊含著對我的特別心意嗎？

想要跟她在一起。可是，這個願望無法實現了。

所以，最後一晚，我寫了信。即便知道寫下來也改變不了什麼，不過無論如何都想把這份心情傳達出去。

寫下若有來生就在一起吧，落筆後便慌忙塗改，立刻換了新的便箋重寫。放開了她的手，拒絕她的心意，丟下她遠去的我，並沒有說這些話的資格。

——但是，現在，我打從心底這麼想。

百合，我想再見妳一面。
來生我一定會找到妳，然後，再次與妳相遇。
若有來生——若能再度於那花開遍地的山丘，與妳相遇的話。
這一次，我想凝視著妳美麗的眼眸，傳達我真正的心意。
想告訴妳，我愛妳。
不被任何事物打擾，不用考慮其他人的心情，只為了妳一人而生。
所以，百合，請妳，等等我。

我緩緩眨眼，吐出一口大氣，然後握住操縱桿，鎖定敵艦急速下降。
就在這個時候，甲板上一個美軍的身影映入眼簾，是個年輕男人，我清楚看見他因恐懼而扭曲的臉，他翻身奔逃而去。

你也跟我一樣，有珍視的家人或愛人才對？

就在這麼想的瞬間，我的手讓操縱桿盡可能的往左轉。

機身劇烈搖晃，方向瞬間改變，匡噹一下重力加劇。

機身前進的方向大幅偏離敵艦。

朝著湛藍的海面墜落。強烈的撞擊。

……我的視野一片白。像百合花般的白。

什麼都看不見，什麼都聽不見，身體沒有任何感覺。

我的世界，瞬間盈滿了濃密的百合香氣。

百合，我愛妳。

我一定，會去見妳。一定會，再次找到妳。

——我們一定會在某一天再度相遇。於那開滿花的山丘，再次相遇。

在空無一物的世界裡，我腦中只想著這件事。

〈完〉

後記

初次見面，我是汐見夏衛。真的非常感謝各位在無數的書籍當中，拿起了《在那開滿花的山丘，我想見到妳》。

於鹿兒島縣一隅出生、長大的我，在孩提時期，曾因為學校活動造訪「知覽特攻和平會館」。那時我在那個地方所受到的震撼，無法言喻。

在那裡，我感受最強烈的是「被他人奪走性命的不合理」。曾有與自己的意志無關，被迫「赴死」的年輕人存在，這樣的事實對年幼的我而言，是無法置信且衝擊的，覺得非常愚蠢。

在思考要傳達「沒人有權利奪走他人的生命」這一理念時，我想到的是寫這本小說。結合對於生在和平的現代日本的我們而言相當遙遠的「戰爭」，以及許多人都有所經驗的「戀愛」故事，一定能讓重要之人的生命被奪走的悲痛，成為覺得與自己切身相關的契機。然後，我創造了這個名叫百合的少女，代替我說出對這種不合理情形的所思所想。

這個故事雖然是虛構的，不過實際上在戰爭時期，應該有多到數不清的人與百合有相同的想法、有多到數不清的人所珍視的人被奪走。我認為這是絕不能放任它湮滅的事實。

附帶一提，在ＳＴＡＲＴＳ出版社所經營的手機小說網站「野草莓」上，我發表了接續本書最後一幕的中篇小說《在那閃亮的夏天裡，終與妳相遇。》（暫譯）。由於不想讓故事的最後以絕望告終，毫無救贖，因此我個人想在這續篇當中，續寫百合和彰的故事。可以的話請大家讀讀看。

最後，我想藉這個機會表達謝意。託大家的福，本書才得以出版。勇敢決定將這部作品書籍化的ＳＴＡＲＴＳ出版社、即使造成了諸多困擾，到最後依然沒有放生我的責任編輯、為我繪製鮮明而美麗封面的Pomodorosa老師，還有其他與這部作品相關的各位，真的非常感謝。

最重要的是，在網站上閱讀本書的各位、寫下溫暖感想與美好書評的各位，以及拿起本書並讀到最後的你。

我打從心底感謝大家。

二〇一六年七月二十八日　汐見夏衛

本作為虛構故事，與實際存在的人物、團體等一概無關。

國家圖書館出版品預行編目(CIP)資料

在那開滿花的山丘，我想見到妳。/ 汐見夏衛著；猫ノ助譯. -- 初版. -- 臺北市：臺灣東販股份有限公司, 2023.03
222 面；14.7×21 公分
ISBN 978-626-329-660-2(平裝)

861.57　　111020267

在那開滿花的山丘，我想見到妳。

2023年3月15日　初版第一刷發行

作　　者：汐見夏衛
譯　　者：猫ノ助
編　　輯：魏紫庭
發 行 人：若森稔雄
發 行 所：台灣東販股份有限公司
地　　址：105台北市松山區南京東路4段130號2F-1
電　　話：(02)2577-8878
傳　　真：(02)2577-8896
郵撥帳號：14050494
總 經 銷：聯合發行股份有限公司
地　　址：新北市新店區寶橋路235巷6弄6號2樓
電　　話：(02)2917-8022
法律顧問：北辰著作權事務所蕭雄淋律師
電　　話：(02)2367-7575